TAKE
SHOBO

同級生がヘンタイDr.になっていました

連城寺のあ

ILLUSTRATION
氷堂れん

同級生がヘンタイ Dr. になっていました

CONTENTS

イラスト／氷堂れん

同級生が
Doukyusei ga
ヘンタイ
Hentai Dr.
ni natte imashita
Dr.になっていました

第一章　看護師は究極のサービス業

春だというのにいまだ肌寒い四月の夕方、西の窓から見える空には、微かにオレンジ色の光が名残惜しそうに浮かんでいる。この美しい光もあと少しすれば消えて、外は闇に包まれるだろう。

四国のとある県庁所在地に建つこの総合病院は、地域の中核病院として重要な役割を果たしている。山川美月（やまかわみづき）は、この病院に勤務して十年。今では中堅看護師として、周囲から頼りにされる存在だ。

今日は日勤で、足元が明るいうちに帰宅できるはずだった。途中でお気に入りのカフェに行ってみようかな？　などと、美月は朝から楽しみにしていたのだけれど、残念ながら定時帰りは無理になってしまった。なかなか暖かくならないこの時期には、入院患者も多くて毎日忙しい。なかでも外科病棟の患者数は、病棟がパンクしそうなほど多く、美月は就業時間がとっくに終わっているにも関わらず、絶賛サービス残業中だ。

「山川さん、聞いてくださいよーっ」

美月が電子カルテに入力をしていると、新人看護師がナースステーションに戻って来た。美月の腕を摑むと、涙目で訴えてくる。

「どうしたの？」

「特別室の患者さんなんですけど、私の言葉遣いが悪いって、今まで説教されていたんですよぉ。あの患者さんったら、食事トレーの置き方にまで文句を言うんです。もう我慢できません！　私、担当を変えてほしいんですけど」

何だそんなことか……と、美月は半分呆れながら新人看護師をなだめる。

「うーん、あの患者さんも親切でいろいろ言ってくれてるのかもよ」

「違うと思いますけど……私、五〇一号室のおじいちゃんの担当になりたいな。お年寄りなら嫌味を言わないでしょう？」

「あの患者さんは、せん妄が激しいから無理だと思うよ。新人には比較的扱いやすい患者さんを任せているはずだから、文句言わずに頑張りなさい」

「せん妄って、そんなに大変なんですか？」

「……大変よ」

美月は、新人看護師時代に経験した、せん妄患者のことについて話しはじめる。それは夕方の服薬時間に患者の部屋を訪れた時のこと。

「初めて受け持った患者さんだったの。部屋に入ると、いきなり『床に水が溜まっているぞ！』って、鬼の形相で怒鳴られたのよ。そんなこと言われても、どこにも水溜まりなんて見当たらないし、『水溜まりはありませんよ』って答えたら、『嘘を言うな』ってまた怒鳴られて……あまりの剣幕に、震えて泣きそうになった私は、とっさにナースコールを押したのよ」

「それで、誰か助けに来てくれたんですか？」

「病棟師長が来てくれたけど、逆に叱られたわ。『これくらいでコールを使ってはいけません』ってね。今は患者さんの看護師へのハラスメントが問題になっているけど、あの頃は我慢しなさいで終わりだったのよ」

「ひえーっ。じゃあ私、若い患者さんの担当になりたいです」

「だ・か・ら〜、私達は患者さんを選べないの！　どんな患者さんにも笑顔で対応するような、プロに徹しないといけないのよ。それに、若いからって問題が起きないとは限らないわよ」

「そうですかぁ？」

美月は小さなため息をついて、新人に今度は〝看護師あるある〟を話しはじめた。それは……怪我で動けない若い男性患者が、陰部洗浄の最中にいきなり勃起した事件だ。現在の美月なら、素知らぬ顔をしてケアを継続する自信があるが、あの頃は若すぎた……。

「ぼ、勃起って……山川さん、それでどうしたんですか？」

「……おもわず逃げ出して、あとで師長にこっぴどく叱られたわ。あなた、若い患者さんを受け持って、そんな経験をしたい？」

新人ナースは、首をブンブンとふると、舌をペロッと出した。

「私、特別室の社長さんの担当で我慢しまーす。せん妄とか、勃起とかって無理すぎます」

「はい、じゃあこの話は終わりね。さっさと仕事に戻りなさい」

「はーい」

新人看護師が持ち場に戻るのを見送って、美月はまた入力作業を再開した。担当患者数人分の記録を入力し、カチコチに固まった肩をほぐそうと大きな伸びをする。このあと、新たに入院してきた患者の各種書類を確認すれば帰宅できるはず。今ナースステーションには、美月と帰りそびれた外科医師一名だけがいた。他のスタッフは、患者ケアのために各病室に散らばっている。

看護師は、憧れだけではやっていけない厳しい職業だ。〝白衣の天使〟だなんて言われているけれど、実は究極の接客業で、一番必要な能力は笑顔ではなく忍耐力なのだから。

接客業に徹する必要があるのは、何も患者に対してだけではない。病院カーストの頂点に君臨する医師に対しても、時として「お客さんと思え」と自分に言い聞かせながら仕事をすることがある。

そして今、まさにその対象がここに。三十代半ばで、一応若手に属する男性医師の越智。セクハラ言動の多い困った人だ。

「山川ちゃん、今日もかわいいね。今夜、飲みに行かない？」

「行きません」

毎回断っているのに、彼は全く懲りない。美月は今日も越智を瞬殺した。

「なんだか、干乾(ひから)びちゃってるよねぇ。もっとさぁ、優しい断り方できない？　なんなら僕が潤いを与えてあげようか？」

　会話の内容が、かなりオヤジっぽい。美月は気持ち悪すぎて言葉も出ないが、気を取り直して笑顔を作った。

「ご心配くださってありがとうございます。自分でどうにかしますのでお構いなく。それより先生、五〇八号の阿倍さんが便秘気味だっておっしゃっていたので、内服薬のオーダーをお願いできますか？」

「何日便が出てないの？」

「二日ですが、この方は薬の副作用で便が異常に固いんです」

　患者の状態は、カルテの看護記録に毎日書いているのに、越智医師はまるで読んでいない。こんな風に、いちいち口頭で伝えないと何もしてくれない医師もいれば、患者の記録を丹念に読んで、看護師が言わなくてもオーダーを入れてくれる医師もいる。もちろん、看護師に好かれるのは後者の方だ。

「じゃあさ、オーダーしたら、飲みに付き合ってくれる？」

　さっき瞬殺したばかりなのに、タフな人だ。無駄に強いメンタルに呆れつつ、美月は笑顔を張り付けて言い放った。

「先生、しつこいとナースに嫌われますよ。私達の口コミって結構強力だから、一旦嫌われると高くつきますし……」

「えっ、いくら払えばいいの？」

（もうっ、代償ってお金のことじゃないのに！）

看護師のネットワークを使って、仕事をやりにくくしてやろうか⁉　と、暗に脅したつもりだったのに、悲しいかな越智には伝わらない。そんな不毛な会話を交わしていると、患者からのコールが入った。すかさずボタンを押した美月は、モニター越しに声をかける。

「はい、どうなさいましたか？」

「誰か、来てくれ～」

まただ。この七十代の男性患者は、大腸がん腹膜転移の手術のために入院した。その開腹手術をしたあとから痴呆が悪化してしまったのだ。徘徊や暴力はないものの、何度もナースコールを押すので手がかかる。

「小野さん、どうされましたか？」

美月が部屋に行くと、小野という名の患者は嬉しそうに手招きをした。

「小夜、来てくれたんか。お茶を取ってくれんかね？」

美月は、小さなため息をついて冷蔵庫を開けた。小野は何故か美月のことを『小夜』と呼ぶ。なんでも、美月が若くして亡くなった奥さんに似ているらしく、自分の妻だと思い込んでいるのだった。名前を間違えられるぐらいは何の問題もないので無視してもいいのだが、奥さん扱いは困る。

「小野さん、私は小夜さんではなくて看護師の山川です。それに小野さんは寝たきりではないので、冷蔵庫にあるものはご自分で取ることができるんですよ」

そう言いながらも美月は、冷蔵庫からペットボトルのお茶を出してサイドテーブルに置いてやった。小野は美月の言うことを理解していないのか、嬉しそうにニコニコと笑っている。その罪のない笑顔を見て、美月はつい油断をした。

「飲ませてくれんのかね？　ワシは自分で起き上がれんのよ」

美月は電動ベッドのスイッチを小野に見せて、入院してから何度も繰り返している説明を辛抱強くする。

「この赤い三角を押すと頭の部分が上がるので、自分で調節してみてください。ちょっと失礼しますね」

美月はベッドに近づくと、スイッチを小野の右手に持たせた。すると彼はリモコンをいきなり放り投げ、とんでもないことをしでかした。

自分の目の前にあった美月の胸を、両手でギューーッと摑んだのだ。

「キャアッ！」

美月は驚いて悲鳴を上げてしまった。小野の手から身をかわして逃げる時に、サイドテーブルに腰が当たり、ペットボトルのお茶が床にゴロンと転げ落ちる。

「小野さんっ！」

「大きな声を出して、ビックリしたがねー。まるで触ってくれって言うみたいに胸を突き出すアンタが悪い。減るもんじゃなし、こんなことくらいで怒ったらイカンよ」

小野は悪びれもせず、反対に美月を諭すように叱った。言うことは理論整然としているように聞こえるが、やっていることはメチャクチャだ。今までも、男性患者に嫌らしい目で見られたり、セクハラ発言や身体をチラッと触られることはよくあった。しかし、これほどあからさまに胸を摑まれたのは、初めてだった。

おまけに、老人とは言っても意外に力が強く、摑まれた箇所がジンジンと痛む。でも、痴呆患者なので、強く怒ることもできない。患者に罪の意識がないだけに、美月はよけいに悲しくなった。

（泣くな、泣くな美月）

美月は涙をグッと堪えて、落ちたリモコンとペットボトルのお茶を拾った。今度は触られないように用心をしつつ、患者の望みどおりにベッドの頭の部分を起こして、お茶を飲みやすい体勢にした。そして、リモコンを患者の枕元に置くとお茶を手渡す。

「小野さん……身体が思うようにならなくて大変ですが、自分のことは自分でやらなくちゃいけませんよ。それに、病人だからって何をしても許されるわけじゃないんです。他人の身体を触ることは止めて下さい」

「アンタを触ったらいけんのか……アンタは小夜じゃないんかね？　そしたら小夜はどこにいるん？」

（うーん、何度も説明しているのに……困ったなぁ）

「小夜さんはここにはいません。ここは病院で、私は看護師の山川です」

たぶん、また明日の朝には忘れているだろうが、美月はまた根気強く説明をした。

「小野さんは腸の手術のために入院しています。傷が塞（ふさ）がらないので、退院が伸びているんですよ」

「そうなんかね？　初めて聞いた……」

「はい。お茶はひとりで飲めますね？　私はこれで失礼します」

美月が病室から出ようとすると、急に小野の顔つきが変わった。手を伸ばして美月の白衣を摑みグイと引き寄せた。

「小夜、出て行ったらイカン！」

「おっ、小野さん！　離して下さいっ」

美月が逃げようとすると、今度はズボンを摑んで引っ張る。美月のズボンは引っ張られてゴムの部分が伸びきってしまった。これでは、お尻が丸出しになる。助けを呼びたいが、呼べば自分のみっともない姿を見られてしまうだろう。おまけに今日は誰かに見られてはマズいショーツを穿いてきている。

（どうしよう……今日のショーツは、この間ふざけて買ったヒョウ柄なのよーっ！）

患者も興奮しているので、このままではどうにもならない。美月は、やっぱり助けを呼ぼうとサイドテーブルのナースコールに手を伸ばしながら患者に声をかけた。

「私は小夜さんじゃないんです。小野さん、その手を離して下さい！」

美月は思わず大声になり、その騒ぎを聞きつけたのか、廊下を歩く誰かの足音が病室の前で止まった。そして、病室のドアがバーンと開き足音の主が入ってきた。

「どうかされましたか⁉」

スラリとした長身に白衣をまとい、病室に入って来た男は、合田千成。今年の４月に赴任して来た、やり手の外科医だ。この患者の主治医でもある。

「合田先生、助けてくださいっ！」

合田の動きは素早かった。美月に駆け寄ると、ズボンをつかむ患者の指を解いて美月から引き離す。そして、美月の腕を摑んで患者から離れた入り口近くに引っ張っていった。

「山川さん、大丈夫ですか？」

「はいっ、大丈夫……です」

美月がいつもと変わらない様子なのを確認すると、少しだけ口角を上げて頷いた。

「よかった。いったい何が起こったんですか？」

「すみません。病室を出ようとしたら、突然小野さんに身体を摑まれてしまって……」

小野は、さっきの乱暴など嘘のように、おとなしくベッドに寝ている。合田があの場面を目撃しなければ、患者に襲われたと美月が言っても、誰も信じてくれそうにないほどに落ち着いていた。

「小野さん……看護師に乱暴をしてはいけませんよ」

「……」

合田は返事をしない小野にさらに近づいた。

「小野さん、お腹の傷を見せてもらいますね」

ついでに回診を済ませてしまおうと、合田が声をかけた。

「あ、はい」

小野は素直に合田の言葉に従う。

「前を開きますね」

そう言うと、病衣の前をあけ、腹部を覆ったガーゼを開いて傷の状態を診た。

「だいぶ良くなっていますよ。小野さん……さっきはどうして乱暴なんかしたんですか？」

「どうしてって……小夜が出ていくって言うけん……」

美月は怪訝そうな合田に、小声で説明をした。

「小野さんは、ずっと以前から私を奥さんと間違えているんです。病室を出ていこうとしたら急に腰を摑まれてしまいました」

「そうですか……残念だけど、これでは外科病棟には置いておけないなぁ」

悪いことをしたという自覚はあるのか、小野はすっかりしょげている。しばらく様子を見ていた合田が、身体を屈めて話しかけた。

「小野さん、傷口から膿（うみ）も出なくなりましたし、あと一週間もすれば退院できそうですよ」

「え、退院？　けど、まだ……」

美月を妻だと思っているくらいだから、いつかここを出ていくという認識はないのだろう。合田の言葉に、小野は急に不安げな表情になった。

「傷口にさらしを巻けば自宅に帰れますよ。傷の治療は外来に通えばいいんですから」

「退院……そんなに早く帰らないといけんのですか？」

「小野さん、山川さんを離さないくらいの力が出せるんですから、もう退院しても大丈夫です。それとも、まだここにいたいですか？」

合田はあくまでも優しい声で問いかけるが、目が笑っていない。側で聞いていた美月には、合田の言いたいことがわかってきた。小野が美月にしたことは、完全な暴力行為だ。しかし、患者にはそんな自覚はない。

「小夜がおるし、ワシはここにいたいんです……」

「そうですか。それなら、主治医の言うことは聞いてくださいね。いいですか？　この人は看護師の山川さんです、小夜さんではありません。山川さんに、絶対に触ってはいけませんよ。わかっていただけますか？」

「アンタは……小夜じゃないんかね？」

「小夜さんじゃありません。私は看護師の山川です」

美月がそう言うと、小野はガックリと肩を落とした。

「……そうか、小夜はいないのか。山川さん、すまんことをしました。触って悪かったなぁ」

項垂(うなだ)れて嘆く小野を何とか寝かしつけて、美月は合田と共に病室を出た。

「先生、ありがとうございました」

「いいえ。山川さん、大丈夫ですか？　まさか、他にも暴力をふるわれたってことはないでしょうね？」

「それは……」

「回診の合間に悲鳴が聞こえた気がしたんですが……もしかしてあれも山川さんじゃないですか？　急に噛みつかれたとか、盗撮されていたとか、今時のヘンタ……じゃなく、痴呆老人は何をするかわかりませんからね。もし受けていたなら、主治医にちゃんと報告してもらわないと困ります」

「先生、盗撮とか……気持ち悪い。あり得ないですからっ！　あの患者さんは、以前から私を奥さんと間違えていて、一応注意はしていたんですけど……さっきはリモコンを自分で操作してもらおうと、私が身体を近づけたのがいけなかったんです」

「身体を近づけた時、何をされたんですか？　まさか……」

「もうっ！　なんですか、『まさか』って。身体の一部を摑まれただけです」

言いにくかったが、合田があまりにもしつこいので、美月は言える内容のギリギリまで伝えた。『患者にいきなり両方の胸を摑まれました』なんてことは言えない。いくらなんでも恥ずかしすぎる。

「体の一部って？」

「……一部って言ったら一部です！　先生、もういいですから。これからは気をつけますので」

合田があまりにしつこいので、美月はいい加減ウンザリしてきた。

「山川さんは仕事をしただけで、悪いのは暴力をふるった患者なんですよ。かばう必要はないのに」

「はい、わかっています……」

「詳しく言いたくないのなら、まぁいいです。小野さんは別の病棟に移ってもらうつもりですから。今日からは一切接触しないで下さい」

「そんな……小野さんの状態を一番わかっているのは担当看護師の私です。気をつけますので、今までどおりでお願いします」

　新人でもあるまいし、これしきのことで担当を外れたら、他の若手の看護師に示しがつかない。それに、暴力とはいっても殴られたわけでもないし、大切な患者だ。美月はそう思っていたのだが、合田の考えは違っていた。

「山川さんは我慢強いんですね。自分よりも仕事が大切だなんて……そういう考えは危険ですよ。自分だけは何をされても傷つかない、大丈夫だと思い込んでいませんか？　暴力は本人も気がつかない間に、被害者の心身を蝕むものです。それとも……もしかして山川さんはドMなんですか？」

「えっ⁉」

　真剣な話をしていた合田が、何を思ったのか、いきなり真顔で突拍子もないことを言いだした。

（何を言ってるの、この人はっ！）

小野から受けた暴力の記憶が一瞬で吹っ飛んでしまうほど、合田のドM発言は、美月を驚かせた。この男は、いったい何を考えているのだろう？　冗談でも言っていいことと悪いことがある。美月は過剰反応するまいと思っても、ついムキになって反論してしまう。

「……先生、ど、ドMだなんて、なんてことを言うんですか。そんなわけないでしょう！　もうっ！」

「これは失礼しました。あれ？　山川さん、どうしたんですか？　顔が真っ赤ですよ。もしかして……図星でしたか？」

「違いますっ！　顔だって、赤くなっていませんから！」

心配しているのかと思ったのに、結局合田は美月をからかって楽しんでいる。悔しいので何かガツンと言い返してやろうとあれこれ考えているうちに……合田の姿は早くも別の患者の病室へと遠ざかっていった。

（あ……行っちゃった）

合田を見送った美月は、なんだかモヤモヤとした気持ちを抱えながら、ナースステーションに戻ることにした。

ナースステーションには、大学の同期で就職先まで一緒という、腐れ縁の相原（あいはら）がいた。

「美月お疲れ」

「相原お疲れ。パス委員会は終わったの？」

相原は、月例の院内クリニカルパス委員会の書記をしている。クリニカルパスとは、ひとつの疾患に対して、入院から退院までに行われる検査や治療をマニュアル化した診療計画書のことだ。医学は日々進歩しているので、内容を変更したり、新たな疾患に関するものを作ったりするために毎月委員会が開催されている。その委員を務める相原は、仕事熱心だと言えなくもないけれど、相原の本当の目的は、パス委員会終了後の食事会の方だ。

「うん。このあと委員会に出席していた先生たちとゴハンに行くんだけど、美月も行かない？」

「行かない」

「相変らず付き合い悪いなー。これから家に帰るだけでしょ？　行こうよぉ」

「今日は、用事があるの」

「山川ちゃん、ホントに愛想ないよね。オヒトリサマって言うの？　今に行き遅れちゃうよ」

ブラインドタッチができないので、オーダー入力がまだ終わっていない越智医師が口を挟んでくる。もう既に行き遅れていますけど、何か？　と内心で呟きながら、美月は営業用の笑顔を向けた。

「はい。おひとり様でいいんです、おかまいなく」

「もったいない。そう言えは……山川ちゃんって大学時代、〝ナントカのEカップ〟って呼ばれる有名人だったよね？　せっかく女に生まれてきたんだから、そのナイスバディを活かして人生を楽しめばいいのに」

「やだー先生、そう言うのセクハラっていうんですよぉ。もう、止めて下さいね」

空気を読んだ相原がやんわりと釘をさすが、アホ医者にはあまり効果はなさそうだ。

まったく……どこからそんな情報を仕入れたのだろう？　中学生の頃から無駄に成長した胸をネタに、美月はずいぶんと嫌な思いをしてきた。だから、そのフレーズを耳にするだけでもゾッとする。大学時代に初めてそのニックネームを耳にした時には、恥ずかしすぎてトラウマになりそうだった。

この、あからさますぎるセクハラ医師に気を遣い続けるのは、サービス業とは言え、そろそろ限界かもしれない。どうすれば越智医師の軽い口を閉じさせることができるのだろう？　と、考えていたその時、美月はふと別の人物の気配を感じた。

背後から深みのある声が響く。

「越智先生、こんな所にいたんですか？　外科部長が探していましたよ。PHS（ピッチ）を切っていませんか？」

その声は、ついさっき美月を助けてくれた合田医師だった。

「え、あっ電池が切れている。マズい、ゴルフコンペのことかな」

「そうかもしれませんね。部長イライラしていたから、早く連絡した方がいいですよ」

「うん。オーダーしたら連絡するわ……そうだ、合田先生も山川ちゃんに言ってやってよ」

越智医師の言葉を聞いた合田は、美月へ視線を向けた。

「山川さんが何か？」

「なんだかねー、彼女には潤いが足りていない気がするんだ。飲みに誘っても全然乗ってくれないし、もったいないないと思わない？」

「もったいない？　何がですか？」

「いつも残業ばっかりでさー。ちょっとは遊ばないと、女性ホルモンが枯れちゃうよってこと」

同僚のセクハラ発言に、合田が一瞬固まった。それを見ていた美月は、急に落ち着かない気分になる。合田は、さっきは暴力患者から美月を守ってくれたけれど、いつもは美月に対してチクチクと嫌味を言う天敵なのだ。しかも、人には悟られない巧妙な手を使う。

もし合田が越智医師の口車に乗って、また変なことを言い出したら……。

（嫌だ……合田先生、何も言わないで！　もう、帰りたい）

美月は、セクハラ医師や患者に何を言われても傷つかない。でも、合田は別だ。合田の口から心ないナイフのようなセリフが発せられたら……。

（……もしそんな目に遭ったら、辛すぎて立ち直れないかも）

しかし、そんな美月の心配をよそに、合田の口調はあくまでも穏やかだ。

「越智先生、そのセリフは、サッカーなら黄色か赤のカードが出ますよ」

「えっ、そう？　でも大丈夫。山川ちゃんなら許してくれるよ、絶対」

許しません！　と、心の中で反論しながら、美月はパソコンに向かっていた。

「たしかに山川さんは、何よりも患者と仕事が大事なタイプなので、怒らなさそうですね。でも、越智先生は患者じゃないから、床に正座させて説教するかもしれませんよ」

「え、そうなの？　僕、山川ちゃんに説教されたい！　なんなら、鞭で叩かれたりハイヒールで踏みつけられてもいいや」

「あ、イヤ……どちらかと言うと、山川さんはドエ……」

「もうっ、止めて下さい」

危うく、さっきの衝撃発言を蒸し返されそうになり、美月は焦って話を中断させた。助けられて、合田に対する評価が上向いたのに、今の発言で帳消しだ。美月は思わずボソッと呟いた。

「まったく……どいつもこいつもハラスメントヤローなんだから」

「えっ。美月、越智先生以外にセクハラする人なんていたっけ？」

地獄耳の相原の存在を忘れていた。

「相原、まだいたの？」

「いるよ。ねぇ何かあったの？」

急に相原が小声になった。内緒話をしているつもりなのだ。美月もつられて小声になる。

「うん、ちょっと……」

「何、何？」

「……小野さんに胸を思いっ切り摑まれて、そのあとズボンを引っ張られた」

「えっ胸っ？　ウソっ！　両方？」

ビックリした相原が、大声を出して立ち上がった。

「両方って……そこ、気にするところ？　ズボンを引っ張られたことはどうでもいいの？てか、声が大きい！」

「相原さん、今なんて？」

小声で話していたのに、相原が叫んだので、合田に聞かれてしまった。しかも、顔色が変わっている。どうしてそんなに過剰な反応をするのか、美月には理解できなかった。

「胸を……信じられない。両方ともですか？」

「合田先生まで！　もういいじゃないですか、私は早く忘れたいんですから」

「悔しいなー、なんとかのEカップを患者の好きにされるなんて」

「なんとかのって……越智先生まで。もう止めて下さい」

越智のセリフに、合田の肩がピクリと反応した。あけっぴろげな越智は、ある意味明るいセクハラだけれど、普段いい人ぶっている合田は、実は心の中では何を考えているのかわかったものじゃない。もしかして『胸』に執着するタイプなのだろうか？　知りたいような、知るのが怖いような……。美月は合田の萌えポイントを想像しかけて……止めた。想像しただけでも、あとで何か仕返しをされそうな気がしたからだ。

「でも小野さんって何気に凄いね。痴呆でおまけにお腹がパックリ開いているのに、性欲はしっかりあるんだから」

あくまでも他人事な相原は、面白がって会話を続ける。

「そりゃあるでしょ。男は死ぬまでオッパイに執着するんだよー」

「えっ、やだーっ、越智先生のエッチ」

「先生、男の執着はそこだけではありません。考えてもみて下さい、女性の魅力は他にもたくさんあるでしょう？　たとえば、うなじや顎、肩甲骨から腰までのなだらかな線、または肌の美しさ、それに魅惑的なヒッ……」

合田が急に饒舌に語りはじめたので、ナースステーションにいた全員が驚いて合田を見つめた。しかし、次の瞬間皆の視線に気がつき、ハッと我に返って口をつぐむ。

「合田先生、魅惑的な何ですかぁ？　教えてくださーい」

相原が続きを促したが、合田はすでにいつもの冷静な態度に戻っていた。

「……何でもありません。それより越智先生、部長のことをすっかり忘れていませんか？　連絡はしましたか？」

「あっ、いけね。忘れてた」

それにしても、皆薄情なものだ。患者に暴力を振るわれたのは美月なのに、誰も慰めてはくれない。セクハラ医師の越智はあくまでもあっけらかんとしているし、相原は完全に面白がっている。合田までも何やら楽しそうに語りだす始末。美月は彼らに何かを期待するのは止めて、さっさと仕事を再開することにした。

合田も仕事を再開したようで、キーボードを叩く軽やかな音が聞こえる。その合田に相原が声をかけた。

「先生、このあとクリニカルパスメンバーとの食事会があるんですけど、一緒に行きませんか？　お鮨ですよ」

指を休めることなく、合田が返事を返す。

「いいですね。何時からですか？」

「七時からです」

タン……と、エンターキーを叩き、合田がおもむろに左手の腕時計を見た。骨っぽい手首にクロノグラフの鈍い銀色がよく似合う。男性にしては細くて長い、ピアニストみたいな指も憎らしいほどセクシーだ。一瞬見とれていた自分に気がついた美月は、すぐに目を逸らした。

「そうですね、行こうかな。タクシーに便乗させてください」

「わっ、嬉しい！」

よほど嬉しいのか、相原の頬は紅潮している。美月は自分で行かないと言ったくせに、合田と相原が揃って食事会に参加すると聞くと、置いてけぼりをくったみたいで、正直寂しいな……と思ってしまう。

「僕も行きたいな〜。脈のない山川ちゃんのことは諦めて」

「越智先生は、外科部長に連絡してからにして下さい」

そう言って合田が立ち上がると、他のふたりもそれにならった。いそいそと自分のバッグを手にした相原は満面の笑みを浮かべている。

「美月、私帰るね。お疲れー」

「相原お疲れ」

「山川ちゃん、またねー」

「山川さん、お疲れ様です。小野さんの病室には絶対に近寄らないこと」

合田の命令に美月は納得がいかない。若干不満そうな表情をしているのがわかったのか、合田がナースステーションに引き返してきた。

「山川さん、小野さんのためです。もう病室に顔を出してはいけませんよ。言うことを聞かないと……」

「聞かないと？」

「ピンクのヒョウ柄……」

合田が他の人に聞こえないように耳元で呟いたのは、美月の今日のショーツの柄だ。美月を助けた時にチラ見したに違いない。

「せっ、先生っ！」

「真面目で評判の山川さんが、ピンクのヒョウ柄のパンツを穿いていたと人に知られてもいいんですか？」

「……わかりました、小野さんには一切近づきません。それでいいですか？」

「わかってもらえてよかったです。それでは、お疲れ様」

「……お疲れ様です」

そうして、ひとりナースステーションに残された美月は、おおいにモヤモヤする気分のままで、サービス残業を続けることになった。


翌週、美月に暴力をふるった患者・小野は、痴呆の治療に専念するために老年病棟に移された。合田が、患者から看護師への暴力行為があったことを師長に伝え、患者家族やソーシャルワーカー、師長を含めた話し合いが持たれた結果だった。美月はあのアクシデント後は、患者に接することを禁止され、二度と会うことはなかったけれども、自分の対応がまずくて、結局患者に悪いことをしてしまったと、少し後悔が残った。

そんな美月に、師長が声をかけてくる。

「山川さんも災難だったわね。でも、合田先生が家族に誠意をもって話してくれたから、ことがうまく運んだのよ。『小野さんの精神状態と看護スタッフを守るためにも、認知症の治療を優先しましょう。傷の処置には僕が老年病棟まで足を運びますから』って。そこまで言われたら、誰もノーとは言えないわ」

「そうだったんですか……」

「頼りになる、いい先生だわ。あれほどの医師は滅多にいないわよ」

なんでも自分の思いどおりに進めようとする合田に、モヤモヤとしていた美月だったが、師長の言葉を聞いて、自分の考えを反省した。

（結局、合田先生に助けてもらったんだよね……反抗したりして申し訳なかったな……）

　驚くほど優秀で皆の人気者。なのに、何故か美月にはひと言多い合田医師。彼は今年の四月に美月が勤務する外科病棟へ赴任してきたばかりだ。

　実は外科病棟では、四月に赴任する医師がなかなか決まらなかったので、皆かなりヤキモキしていた。と言うのも、赴任予定だった医師が、家庭の事情で突然辞退をしたのだ。

このまま外科の医師が決まらなければ、外来も病棟も医師不足で大変なことになる。外科に関わるスタッフの全員が心配する中、やっと後任が決まったのは三月の終わり頃。

　ギリギリのタイミングで決まった人物の名は直前まで伏せられ、美月のような末端にまで知らされることはなかった。また辞退されては困るという、医局長か総務の考えだったのかもしれない。情報通の相原でさえ何も知らなかったのだから。

　そして新年度になって、外科部長が病棟に案内した医師を見た時、美月は息が止まりそうになった。側にいた相原も息をのみ、美月の腕にしがみついて興奮しながら言う。

「ギャー美月っ、合田君だよ。覚えてる？　合田君だよ！」

　小躍りする相原をなだめるのも忘れ、美月は合田を見つめていた。大学時代から大人っぽい人だったけれど、十年の歳月が彼をますます上質の男に仕上げていた。スラリとした身体、絶妙なカットで整えられた黒髪、少しだけ切れ長の黒い瞳、冷たいとさえ思える整った顔は、以前よりも洗練され、優し気な笑顔を纏っていた。何を考えているのかわからない男。そして、美月がずっと忘れられなかった男だった。

合田は美月が卒業した大学の同期生だ。大学時代の合田は、知らない人はいないほどの有名人で、女子学生にとっては憧れの的。そして、美月にとっては、小さな片思いの相手でもある。

大学時代、勉強とバイトで忙しかった美月が、一度だけ参加した卒業前の追い出しコンパ。そこに途中から参加した合田との、事故みたいな一瞬の出来事。美月が心の底で大切に温めてきた思い出を、合田は覚えているだろうか？　美月のことを思い出して、何か言葉をくれるだろうか？　合田はナースステーションにいる全員に丁寧な挨拶をしながら、美月のすぐそばまできていた。期待に胸を膨らませ、美月は合田の言葉を待った……。

「はじめまして、合田です。山川さんですね、よろしくお願いします」

胸の名札を見て、そう言ったあと、美月と目を合わせ、ニッコリと笑った。

「山川です。こちらこそ、よろしくお願いいたします」

美月の期待は見事に打ち砕かれた。学生時代、医学科や看護学科の大勢の美女たちを従えていた合田にしてみれば、美月など塵（ちり）に等しい存在だったのだろう。こちらが一方的に覚えているだけで、合田は美月のことなど忘れてしまっていた。

合田の愛想のいい表情と物腰は、誰に対しても同じだった。大学時代、合田が属するサークルの飲み会に頻繁に飛び入り参加をしていた相原にもその態度は変わらず、相原は空気を上手に読んで「はじめまして」と言葉を返す。

　合田が出ていったあとのナースステーションは大騒ぎだ。

「期待してなかっただけに、超うれしい！」

「合田先生のイケメンオーラ、ハンパないっ！」

「キャーッ、歓迎会が楽しみ」

　などなど。相原も上気した頰を美月に向けた。

「美月ぃ〜、私、絶対に合コンをセッティングする！　もーっ、合田先生ったら、ますます素敵になってない？」

「そう？」

「やだ美月、興味ないの？」

「全然ないわよ。と言うか、笑顔が作り物みたいで、嘘くさくなかった？」

「……」

　自分が合田の記憶になかったことに、すっかり落胆した美月の温度の低いセリフに、相原が固まって目を泳がせた。ナースステーションの看護師たちが、何故か無言でこちらを見ている。皆の反応に嫌な予感がした美月は、恐るおそる背後を振り返った。

『ヒイィーッ』

　声を出さなかった自分を、美月は偉いと褒めた。美月のうしろに、本当にすぐうしろに、外科部長と出ていったはずの合田が立っていたのだ。しかも笑顔を張り付けて。

「合田先生、どうかされました？」
何も知らない師長が声をかける。
「今さっき担当する患者を診てきたので、オーダーを入れようかと……ここ空いていま
す？」
合田は何もなかったかのように、美月の隣の席を指さした。
「はいっ、空いています。先生、ＩＤとパスワードはご存じでしょうか？」
美月は、直立不動で答えた。
「ええ。ネットワークの責任者から直接聞いたのでわかります。ありがとう」
合田が椅子に腰を掛けたのと同時に、美月はナースステーションを飛び出した。いや逃
げ出したのだった。
この一件のあと、合田の態度は変わらずにこやかだったが、美月に対しては少し距離を
置くくせに、いつもひと言嫌味を付け加えるというパターンが続いた。
たとえば、病室で神野(じんの)という女性患者のオペ後の傷を処置する合田に、美月が手伝いで
ついた時のこと。
「神野さん、傷も綺麗になりました。あとは弱った脚のリハビリに励んで退院を目指しま
しょう」
「先生、ありがとうございます。それにしても……合田先生は男前やねぇ、私があと十歳
若かったら」

と、七十七歳の女性患者が目をハートにしていると、チラッと美月に視線をやり、合田がわざと悲しそうに呟いた。

「そんな嬉しいことを言ってくれるのは神野さんだけですよ。看護師には『笑顔が作り物みたい』だと陰で言われているんですから」

「まーっ、誰がそんなことを言うんですか⁉　私が説教してやります」

「ありがとうございます。説教する代わりに、僕と散歩ができるくらい元気になってくださいね」

「はいっ。先生、頑張ります」

処置の終わった傷口に貼るテープを合田に差し出しながら、美月は苦虫を嚙み潰した表情になっていた。

（私にチクチクと嫌味を言いながら、患者のやる気を引き出すなんて絶妙のテクニックじゃないの。合田千成、やるな……）

合田の嫌味は他愛もない些細なものなのだけれど、美月にとっては、再会の時の仕返しをされているようで、何となく悔しい。もとはと言えば自分の『笑顔作り物発言』が悪いのだが、それも合田が大学時代の自分を忘れていたせいだと、悔し紛れに責任を転嫁した。

合田は赴任翌日から外来をソツなくこなし、午後には病棟にやってきた。ナースステーションに入ると、慣れた様子でパソコンに向かう。もう何年もここで仕事をしている人みたいだ。入院患者が多い今日は、いつにも増してナースコールが多い。そんな中、若手の看護師が合田に近づいて声をかけた。

「先生、歓迎会を開きたいと思うんですけど、今週末空いていますかぁ？」

「ありがとう。ちょうど空いていますので、よろしくお願いします」

「はいっ！　先生、和食と洋食ならどちらがいいですかぁ？」

「どちらでも。食事は看護師さんたちの好みを優先してください。僕は好き嫌いがないので」

「そうなんですね。先生お酒はイケる感じですか？」

「ええ、好きですよ。滅多に酔いません」

「えーっ、酔わせてみたいのにぃ。先生のファンだっていう看護師が、すでにもういっぱいいるんですよ。知っていました？」

「ファン？　とんでもない。僕なんて、どうせ作り物の笑顔しかできない男です。みなさん買いかぶりすぎですよ」

「ヤダー、そんなことないです〜」

合田の歓迎会の幹事に指名された新人ふたりは、仕事そっちのけで会話を続けている。周りの看護師はてんてこ舞いなのに、全く気にならないようだ。その間も、コールは鳴り続ける。

ピンポーン、ピンポーン。

「どうされました？　はい、……行きますね」

ピンポーン。

「ハイっ！」

ピンポーン、ピンポーン、ピンポーン。

「はいっ、トイレですか？　すぐ行きますっ！」

ピンポーン、ピンポーン、ピンポーン――。

コールは鳴り続け、看護師はみな右往左往している。これはマズい……。美月は呑気な新人たちに声をかけた。

「お話し中に申し訳ないけど、ふたりともそろそろ仕事に戻ってね」

「あ、はぁい。でも、まだちょっと……」

不満げな新人に、美月は若干大げさなため息をついた。

「コールが鳴っているから、お願いね」

「……はい。合田先生、あとでまたいろいろとお聞きしたいので、連絡してもいいですかぁ？」

「はい。いいですけど、ふたりとも、年長の先輩の指示には迅速に従って下さい」

「ね、年長って……」

合田のセリフが妙に引っかかる。先輩だけでいいのでは？　年長という言葉は必要？　隣の相原はクスクスと笑って、他人事だと思っているようだけれど、美月と同い年の相原だってその『年長組』に当てはまるのだ。美月の恨みがましい視線にハッと気がついた相原が、取り繕うように美月の肩を叩いた。

「まぁまぁ美月ぃ、長老って言われないだけマシかもよ？」

「相原ったら！」

「ぷっ」

相原の言葉に、合田が吹いた。

「長老って……相原さんは僕よりキツいな。まあ新人の彼女たちよりはどう見ても年上なので、年長と言ったまでです。そう目くじらを立てないで下さい」

「立てます！　年齢のこととか言わないで下さい。微妙なお年頃なんですから」

「ふっ……」

ムキになる美月を、合田が鼻で笑った。

「何がおかしいんですか？」

「だって、山川さん。お年頃とか……そんなカワイイものじゃないでしょう？　いや……女性に年齢の話は、やはりNGですね。もう止めます」

「えっ？」

カーッとなって言葉を失っている美月を放置した合田は、さっさとパソコンに向き直る。今まで下らない会話をしていたことが嘘みたいに、真面目な顔でキーを叩きはじめた。勝手に話を切られて放置された美月は、軽く地団太を踏みたい衝動にかられる。しかし、それも大人げないので、グッと我慢をして仕事に戻ることにした。相原は俯いて書類の整理をするフリをしながら、肩を揺らしている。きっと笑いを堪えているのだろう。

ピンポーン。

そこに間の抜けたコールが響いた。美月はボタンを押して、患者に声をかける。

「はいっ、どうかなさいましたか⁉」


患者の対応が終わった美月が廊下を歩いていると、相原につかまった。

「ふふっ、美月、合田先生にご立腹？」

「もちろん、ご立腹！　年長の先輩って言う？　同じ年のくせに。合田先生は、私をからかって楽しんでいる気がするのよね」

「だって、本人は同期生ってことに気がついていないんだよ。仕方ないじゃん。私だって合コンの声がけした時に〝同期生です！〟ってアピールしたよ。でもさ、そうだっけ？　って、まるで興味なさそうだったし」

「……って、相原、いつ合コンに誘ったの？」

「てへっ。合田先生が赴任した日」

「仕事、早っ！」

「でしょ。私、やる時はやれる子なのよ」

そんなことで胸を張られてもどうかと思うが、相原はいつだって要領がいいのだ。美月はそんな相原がちょっぴり羨ましかった。

「はいはい。でもさ、さっきのアレは仕方なくないよ。合田先生は私のことを、ずいぶん年上だと思っているってことじゃない」

まだプリプリしている美月を、相原は不思議そうに見た。

「珍しいね、美月がそこまでムキになるなんて。そんなに年上に見られたことがショックだった？」

「う、ううん。ショックというか……」

「まっ、気にするなよ！　ね、合コン来る？」

「絶対に行かない！」


合田は赴任早々から、院内の女性スタッフの注目を一身に浴びていた。スタッフだけではない、毎週訪れる製薬会社の女性の営業や患者までもが彼に一目置いている。それも当然かもしれない。歩く姿ひとつにしても、姿勢が良くキビキビとしているので見ていて気持ちがいいのだ。それでいて、外科系医師によくある『俺、誰よりも優秀だけど、何か？』的な威圧感はゼロ。身長が高いせいで周りがよく見えるのか、人でごった返す外来の廊下でも誰ともぶつかることなく歩き、老人や車椅子の患者をそっと助けたりもする。診察が早い上に的確で、おまけに優しいというので、連日患者が押し寄せていた。そんな話を相原が外来看護師から聞きつけてきて、評判は各病棟にも広まった。

病棟のリーダー研修に美月が参加すると、ほかの病棟看護師や外来看護師まで合田のことを話題にする。

「ねえ、合田先生ってすごく優しいって本当？」

「彼女いないって、嘘じゃない？」

「オタクの病棟、いいわねー」

などなど。

皆の問いかけを無難にかわしながら、『いや別に優しくないし、彼女の有無とか聞いたこともないし、そんなに外科病棟が羨ましいですか？　重病人が多くて大変ですけど』と、内心では否定する。

『まぁ仕事は早くて助かっていますけど、意外に毒を吐きますよ』

なんて言ってみたい気もするが、変人扱いされかねないので黙っておいた。

自分が意識し過ぎなのかもしれないと思う時もある。それでもやはり、美月を感情的にさせるモノが、合田にはある。

ある日。美月がランチを終えて病棟に戻ると、ナースステーションがやけにザワザワと騒がしかった。なんだか空気がおかしい。見ると、医師用のパソコンの前に人だかりができている。室内の看護師たちや、栄養士などをかき分けて、美月は自分のパソコンまで辿り着いた。

すると、輪の中心にふたりの医師がいた。若手の麻酔科医である奥田と合田だった。手術予定の患者の病状説明を、一緒にしたあとなのかもしれない。暑いせいなのか、ふたりとも半袖の医療用白衣(スクラブ)だけの姿だ。おまけに合田はいつもの眼鏡をかけていない。眼鏡をはずすと、冴え冴えとした美貌が眩しい。人だかりの原因は、裸眼の合田のビジュアルのせいだろうと美月は思った。

大学時代、学内のカフェや廊下で見かける合田は、たまに裸眼の時があり、芸能人かと思うほどの美貌を無防備に晒(さら)していた。今思うとあれは目の毒だった。

いや、十年経った今でも、裸眼の合田の破壊力は健在だ。この美貌を中和するために合田はわざとメガネをしているんじゃないかと、美月は勘ぐる時さえある。

「えっ、じゃあメガネは粉々？」

「レンズは無傷だったから、同じフレームが見つかれば問題はありません」

「でもぉ、先生ったら、眼鏡をしたまま眠るなんて……ずいぶんお疲れなんですね」

看護師たちの鼻にかかった声に、美月は背中がムズ痒くなる。それで、裸眼の理由がわかった。眼鏡をしたまま眠るなんて、合田にしてはうかつだ。それにしても、視力の弱い外科医が裸眼で仕事をしては患者に迷惑ではないだろうか。勘でどうにかなるものではないと思う。

(コンタクトが苦手なら、眼鏡を複数用意しておけばよかったのにね。優秀な合田先生にしてはツメが甘いわ……)

と、美月は内心で毒づいた。

「これから外出して眼鏡を作ってきます。替えを二~三個注文しておくつもり」

うんうん、それがいい。皆が同時に頷いたその時、美月は思い出した。朝早くに、点滴のオーダーなど、その他モロモロをしてほしいと、合田にメールを送っていたことを。でも、まだオーダーされていない。ナースステーション内の、ピンク色のハートが飛び交う空気をものともせず、美月は合田に固い声で呼びかけた。

「合田先生、すみませんが外出前に酒井さんの点滴オーダーをお願いします。それと明日退院する……」

合田は美月が言い終わらないうちに立ち上がると、サッと美月の側にやってきた。画面に顔を近づけながら、パソコンが載っているワゴンに、美月の背後から両手をつく。

(えっ⁉　なっ、何?)

壁ドンならぬ、ワゴンドンだ。合田の体温を背中に感じて、美月の心臓は飛び出しそうになった。ワゴンと合田の間に挟まれて、身動きできない状況が美月の心拍数をさらに上昇させる。おまけに、細身の割には逞しい合田の前腕屈筋群が超至近距離にあるので、意識しないとつい目が自然とそちらに向かってしまう。こんな時に手首から肘にかけての血管がセクシーだなどと思う自分はおかしいのだろうか?　今、美月の頭の中は、ほぼ真っ白だ。その時、ムスクのようなセクシーな香りが、美月をフワッと包んだ。

(何?　何この匂い?　もしかして合田先生の匂い?　ビンに閉じ込めてあとでクンクン

したいくらい素敵なんですけど――）。

心臓が破裂しそうで、頭がクラクラする……。美月の動揺を感じたのか、合田が申し訳なさそうに小声で呟いた。

「悪い、見えないんだ。酒井さんだけど、術後一週間経ったから点滴は抑えようと思っています」

美月は必死に平常心をかき集めて言葉を探す。

「で、でも、食事ができていないので、家族も点滴を希望されているんですが……」

「そのことだけど、飲み込む力を上げるためのリハビリを開始して、点滴は減らす予定。悪いけど僕の代わりに入力してくれる？　ログイン画面を出して……じゃあ、パスワードを言うよ……」

パスワードは、他の人に聞かれるとマズいのだろう。合田は美月の耳元で英数字を囁いた。美月は背中をゾクゾクと震わせながら、合田の言うとおりにキーを叩いた。夢中になって、妙な汗までかいてしまう。

医療秘書（クラーク）に連絡すればいいのに……。そう思いながらも、美月は自分がまるで合田の操り人形になったように感じていた。

「5プロッツカ＋ビタメジン、それと……」

耳元で響く合田の声が、美月の身体を震わせる。全員が注目する中でのこの作業は、まるで羞恥プレイだ。手元が狂わないように、美月は思わず歯を食いしばって入力を続けた。

「これでよし。ほかのオーダーは新しいメガネが手に入ってからにします。ありがとう」

　身体を起こした合田は、いつもの笑顔で美月に礼を言った。スクラブの襟もとから覗く肌と鎖骨がやけに艶っぽい。半袖から露出した意外に逞しい上腕二頭筋を目にした美月は、合田が細マッチョであることを確信した。その下の前腕屈筋群にまた目を奪われそうになったところで、我に返る。

「あ、はい。よろしくお願いします」

「じゃあ奥田先生、メガネ屋まで乗せて下さい」

「はいはい。ランチは先生のおごりですよね」

「師長、一時間ほどで戻ってきます。僕の患者に何かあったら、外科部長に頼んでいるので、よろしくお願いします」

「えっ、部長ですか……」

　何気に不満そうな師長に笑顔を見せて、合田はナースステーションを出ていった。奥田医師もあとを追って出て行くと、看護師たちは潮が引くように各持ち場に戻って行った。いまだ動揺が収まらない美月が息を整えていると、主任が声をかけてきた。

「山川さんと合田先生って、犬猿の仲かと思っていたけど、何気に息が合うのね」

「とっ、とんでもないです」

「そう？　それにしても山川さんは勇気があるわ」

「え？」

「あの和気あいあいとした雰囲気の中で物申すあたり、男前ね、あなた。合田先生だからよかったけど、外科部長だと反対に叱られるわよ」

　褒めているようでいて、嫌味を忘れない主任の言葉に、美月は素直に頭を下げた。こちらが正しいと思っていても、上司は絶対だ。生死を分ける事態ではないのだから、皆の会話が終わるまで待てばよかったのだろう。でも、仕事第一の美月にとって、今の病棟の浮わついた雰囲気は心配の種だった。外科病棟なのに緊張感が全くないのはいかがなものかと思う。

「あの……和気あいあいはいいことなんですが、皆が合田先生に注目しすぎで浮かれているように感じるんです。私も含めて、なんですけど。すこし気を引き締める必要が……」

「それは師長も私もわかっているから、心配しないで。山川さんは自分の仕事に集中してくれればいいのよ」

「……はい。申し訳ありません」

　今度は本気で叱られた。気が緩んでいるなどと、美月が皆を責める立場ではないことは、自分でもよくわかっている。何故なら、合田に気をとられているのは美月も同じだから。それでもあえて主任に報告したのは、自分にも釘を刺すという意味もあった。

　翌日の昼、食堂で日替わり麺を食べていた美月は、遅れてきた相原に思いっ切り背中を叩かれた。

「もーっ、聞いたわよ美月」

「へ、何のこと?」

「昨日、私が休んでいる間に、合田先生とアヤシイやり取りがあったんだって?」

「アヤシイ?」

思い当たることは、点滴のオーダー以外にはない。それにしても、あれのどこがアヤシイのか? 美月は相原をボンヤリと見上げた。席に着いた相原はニヤニヤ笑いを浮かべている。

「いつものハーレム状態に美月が乗り込んでいって、合田先生を皆から引きはがしたってのは?」

言い方によっては、そうとも言えるけれど、何か違う気がする。美月は首を傾げて相原に尋ねた。

「それ、誰の情報?」

「奥田先生」

情報源が、看護師や栄養科の誰かではなく、奥田医師だったことを、美月は意外に思った。

「外出するって言うから、朝から頼んでいた点滴のオーダーを早くしてほしかったのよ。だから声をかけただけ。引きはがしたっていうのは間違い」

「そう? 合田先生が美月にピッタリ寄り添っちゃって、美月もまんざらでもなさそうだったって聞いたけど」

美月は飲みかけの水を吹きそうになった。そうか、あれはうしろから見ても怪しかったのか。美月は恥ずかしさでカァッと身体が熱くなった。

「まんざらでもって……あ、ありえないでしょ、犬猿の仲なのに。変なこと言わないでって奥田先生に伝えておいてよ」

目に浮かぶのは合田の艶めかしい鎖骨やセクシーな腕、それに裸眼の瞳の美しさ。そう、図星だからこそ美月は慌てた。

「ま、そーだよね。美月は男を一切寄せつけない女だし、それに相手が合田先生って、あり得ないわ」

「そう、あり得ないの！」

相原に同調しながら、美月は思い切り動揺していた。

第二章　夜の外来は危険がいっぱい

――山川美月と合田千成は、犬猿の仲だ――。

病棟だけでなく、外来あたりにまでそのことが認識されつつある昨今、季節は、初夏に突入していた。

「忙しすぎて紫陽花見物もできないまま、梅雨も終わっちゃったよ。どうしてくれるの？」

早めに出勤した美月を相手にグチっているのは、病棟師長だ。

「師長、風流ですね。紫陽花がお好きなんですか？」

「好きなのよー。山川さんは花に興味ない？」

「花、ですか？　そうですね、私は断然花より団子です」

「色気のない奴め」

「あは」

少し前までは、休みも取りにくいほど忙しい日が続いていたけれども、ここ数日はだいぶ落ち着いてきた。だから美月と師長がのんびりと他愛もない話をするというような、珍しいことが起こる。今日はオペがないからと、合田や他の外科の医師たちも、早々に病棟業務を終えている。それぞれが自身の研究のために、医局やお気に入りの部屋に閉じこもっているらしい。美月は今日、十六時半から零時までの勤務だ。この勤務を終えれば明日と明後日は休みなので、気持ちはかなりウキウキと弾んでいた。

そんなところにかかってきた電話に、美月は元気よく出る。

「はいっ、五病棟、看護師山川です」

『合田です』

「……はい」

一気にテンションの下がった美月を見て、師長がクスクスと笑う。相手が誰かわかったのだ。

『五～六月のオペ記録のファイルが見たいんですが、どこにありますか？』

「たしか、外科部長が私物化していると思いますが」

『私物化……なぜ？』

「さあ、理由は部長に聞いてみてください。オペ記録が何か？」

『僕の患者の電子カルテを見ていて気がついたんですが、別人の臓器のスキャンデータが混入していました。本人の正しいデータは、どこかに紛れ込んでいるのではないかと思いまして』

「それは……まずいですね」

『ええ。クラークに探してもらおうと思ったら、とっくに帰宅していて……』

「まさか、今から探すんですか？」

『探しますよ』

「そんなに、大事な写真なんですか？」

『気になるので……論文の対象患者だから、ただ見たいだけ』

「はあ……」

　時として、優秀な医師の中に、こういう妙なこだわりを持つタイプがいる。『ただ○○したいだけ』と言って、自分の望みをとおすのだ。たちが悪いことに、そういう発想は、〝優秀な頭脳から導かれた直感〟というヤツで、だいたいそれはずっとあとになって、なるほどこういうことだったのかと、皆が納得することになる。

『その、私物化されたオペ記録は、どこにあるんですか？』

「外科外来の部長（五十一番）の部屋のプリンタの下と流しの下です。段ボールで三個ほど隠していると思います」

『山川さん、お願いがあります』

「嫌です」

『何が、嫌、なんですか？』

「先生の『お願い』を聞くのが嫌なんです。申し訳ありませんが、私は忙しいので他の人を当たって下さい」

　ガチャン。

美月は受話器を置くと、ふん！　と鼻息を荒くした。師長が肩を震わせているのが視界に入りハッとした。

「す、すみません。つい……」

「ふふっ、別にいいけど。オペ記録が欲しいって？　合田先生でしょ？」

師長も外科部長の変な癖は知っている。電子カルテのデータよりも紙の書類が好きで、他人のオペ記録でさえも、しばらくの期間、自分のそばに置きたがるのだ。以前は、他院の医師へ送る診療情報の参考にするために持っているのかと思われていたが、そうでもないらしい。ある意味ビョーキだと美月たちは思っている。そのビョーキも今では、電子カルテに全ての情報が残るようになったから許されているわけで、今回のように、別人の写真が電子カルテにスキャンされている場合は問題だ。

「合田先生は今、論文を書いていらっしゃるんでしょう？　行ってあげなさいよ」

「えっ、私がですか？」

「いいから、五十一番に行ってあげなさい！」

「は、はいっ！」

嫌そうに返事をしたら叱られた。師長の命令とあっては仕方がない。守衛室から外来棟のマスターキーを借り、美月はトボトボと外来に向かった。

梅雨が上がったとは言え、今日は少し曇っていたので、午後六時でも外は暗くなっていた。人の気配が消えた外来は何気に不気味だ。なんとなく足音を殺して外来の五十一番を目指す。途中の内視鏡室の前にさしかかった時、妙な声を聞いた気がした。猫の泣き声か、それとも誰かのすすり泣き？

「ん？」

美月は、声が漏れていると思われる内視鏡室に向かった。真っ暗だったが、そっとドアの小窓から中を覗いてみた。最初は全く見えなかったのだが、立体駐車場から出て行く車のライトが、内視鏡室を屋外から照らしたので、ようやく中の様子が見えた。

なんとそこには、ありえない光景が繰り広げられていた。

白衣を着た背中が前後に動き、それに合わせて誰かの両脚が揺れている。そして、猫の泣き声のような、喘ぎ声がドアの隙間から漏れていた。

「ひぃっ、やぁ……ん……はぁ……やぁ……っ」

（うそっ……）

中で行われている『行為』を、美月は呆然と見つめる。しばらくすると、あえぎ声が大きくなってきた。外来の外の廊下にまで声が漏れそうだ。

「あっあっ、やっ、やっ——せんせぇ、はぁっ、は……あ、ん、はっ、あんっ」

喘ぎ声と共に、ピチャピチャ、パンパンと、張りのない肉の当たる音も聞こえる。

また車のライトが中を映し出すと、今度は身体を重ねているふたりの顔がはっきりと見えた。白衣の太った男性は、たしか内科の医師だ。なぜ内科の医師が外科にまできて、淫らな行為をしているのだろう？　不思議に思ったが、すぐに理由がわかった。相手の女性は外科外来の看護師だ。サービス残業でもするふりをして、ここで落ち合ったのだろうか？　それにしてもこんなところで、こんな行為に及ぶなんてすごい度胸だ。生々しい他人の交わりを目にして、美月がボーッとしていると、喘ぎ声のトーンが変わった。

「あっ、ヒイッ、いくっ、いっちゃういっちゃういっちゃうっ、せんせいっ！　あん、そこぉ……あ……ん、あっ……」

　暑くなったのか、白衣を脱いだ医師は、全裸の看護師の片足を持ち上げて、はあっはあっと息を荒らげながら裸の下半身を打ちつける。そのあまりにも必死なピストン運動を見ていると、内科医が太っているだけに、心臓は大丈夫かしらと美月はつい心配になる。看護師は大胆にも、はだけた胸を自ら鷲づかみにして嬌声を上げはじめた。

（すごい……いやらしい。しかも、こんな場所で……）

　綺麗でも上品でもないセックスなのに、一部始終を見ているうちに、美月は妙な気分になってきた。バストの先端がムズムズする。それに、なんだか下半身も熱くなってきた。

　このムズムズする胸を思いっ切り誰かに弄られて先端を口に含まれたら、自分はどんな風に感じるのだろうか？　熱くなった下半身を誰かの長い指で探られたら、自分はどうなってしまうのだろう……。その『誰か』の薄ぼんやりとした姿が、何故か合田と重なった。そこまで妄想して、美月はハッと我に返る。

　マズい。いろいろな意味で、これ以上ここにいたらまずい。見ていることが彼らにバレたら、気まずいどころか、人間関係が危機にさらされる恐れだってある。美月は正面に視線を向けたまま、ソロソロと後退る。音を立てないように、ゆっくりと、ゆっくりと。このまま気づかれずに、そっと病棟に逃げよう……。と、その時、ポスンと背中に何かが当たった。壁ではない気がする。何だろうと思い振り返った美月は、驚きのあまりに息をのんだ。

　あろうことか、合田がうしろに立っていたのだ。

　驚きすぎて声が出なかったのはラッキーだった。慌てる美月とは裏腹に、合田はいつもと変わらない表情で落ち着いている。淫靡な妄想を繰り広げていた間、その妄想の相手が自分をうしろから見ていた事実に、美月は恥ずかしさで顔が真っ赤になった。

（もうっ、嫌っ。ありえない！　なんでいるの⁉）

　ここからすぐに逃げ出したい！　その一心で美月は、とっさに合田の腕を掴むと、一目散に廊下に向かって走った。内視鏡室にいる彼らには、自分たちの喘ぎ声しか耳に入らないことを願って……。美月と合田は廊下を走り、病棟につながる渡り廊下までたどり着いた。

「はあっ、はあっ、合田先生っ、ビックリするじゃないですか！　いたのなら声をかけて下さい」

「声をかけたら、集中している山川さんを驚かせることになるでしょう？」

「……もうっ！　それにしても……びっくりした」

「山川さんこそ、何でまた覗き見なんかしていたんですか？」

「何でって……先生はオペ記録を探すのを手伝ってほしかったんでしょう？　師長が手伝ってあげなさいって言うから、五十一番に向かっていたんですよ。そしたら……」

「彼らがヤッていたのが、見えたと？」

「ヤッ……ま、まあそうです」

非常に気まずい。気まずいのだけれど、美月は覗き見を素直に認めることにした。あんな場面を見たせいか、それとも走ったせいか、呼吸が乱れているのが恥ずかしい。

「元はと言えば、先生のせいですからね。もう写真を探すのは明日にしたらどうですか？」

「まさか…。今日を逃したらもう暇はなくなります。さあ、行きますよ」

「えぇっ⁉」

「大丈夫。内視鏡室の前を避けて遠回りすればいいんだから」

「嫌です！　私、病棟に戻ります」

「師長の命令に背くんですか？」

「……」

「それにしても、山川さんはけっこう大胆ですね。あんなシーンを長々と見物しているなんて……。すぐに逃げると思ったのに」

「逃げ……ようとしましたよ」

合田は腕を持ち上げて時計をチラッと見た。

「僕があそこに辿り着いたら、すでに山川さんはへっぴり腰で小窓に張りついてました。

それから、少なくとも五分は経過していましたけど……」

やっぱり合田は人が悪い。のぞき見しながらドキドキモジモジしている美月を、うしろから眺めて時間まで計っていたとは、なんて男だ！

「先生、もしかして面白がっています？」

「ええ。久々に面白いものを見せてもらいました。あ、やらかした彼らのことじゃないですよ。あれを覗き見する山川さんの方ですからね」

「最低！」

「はいはい。最低で結構。何でもいいから手伝って下さい」

「もうっ……」

ブツブツ言いながらも、美月は合田のあとをついて行く。暗い外来フロアをぐるっと大回りして、内視鏡室とは反対の方向から五十一番にたどり着いた。鍵を静かに開けて部屋に入ると、美月は自分のペンライトを点けた。それを見た合田が、呆れた声で突っ込む。

「なぜペンライト？　ドロボウじゃあるまいし、電気を点ければいいじゃないですか」

「でも、彼らに見つかっちゃいます」

「大丈夫ですよ。あれはまだ終わりそうにもないし、そもそも悪いことをしているのは彼らの方なんだから、文句は言ってきませんよ」

「それはそうですけど……」

そう言われて、室内灯のスイッチに手を伸ばした美月の手首を、合田がいきなり掴んだ。

「えっ⁉　せ、先生？」

「それにしても、こんな狭くて暗い場所で、しかもふたりっきりっていうのは、何かそそるものがありますね」

「……なっ、ない、ないですっ！」

合田は美月の腕を掴んだまま身体をじりじりと近づけてきた。狭い室内を後退る美月の背中は、すぐに壁に突き当たる。追い詰められて、低い棚とデスクの間にすっぽりと入り込んだ美月は、すっかり合田に囲い込まれてしまった。仕事中なのに、体温や匂いまで感じられる距離で見つめ合っているこの状況が、あまりにもあり得なくて美月は完全に固まった。

合田が背を屈めてゆっくりと顔を近づけてくる。カーテンを閉めた外窓から時折差し込む車のライトが、その顔を映し出す。美月の心臓はドキドキと高鳴り、何も考えられなくなっているのに、合田の半分閉じた瞳にかかる長い睫毛が微かに震えているのが見えて、胸がキュンと締めつけられた。

合田はどうせ、からかい半分でこんなことをしているのだとわかっている。でも、それを受け止めたいと思っている自分がいることを、美月は驚きと共に認めた。あと一ミリ近づけば確実に唇が重なってしまう……と思ったところで、合田は動きを止めた。

「なーんて、ね」

「先生？」

突然、態度をがらりと変えて、合田がゆっくりと美月から離れた。

「本当にここでキスすると思いました？」

「ひどい……冗談にもほどがあります。もうっ！」

「期待なんかしていませんっ！」

「期待されていると思ったんですが」

合田に対する怒りと、簡単に落ちそうになった自分への恥ずかしさで、美月は合田の胸をトンと押した。後退る合田の横をすり抜けると、本来の目的を果たすためにプリンタに向かった。

「押された胸が痛い」

「勝手に痛がっててください。もう知らない！」

まだふざけている合田を無視して、美月はオペ記録を探しはじめた。五月から六月までのオペ記録の入った箱は、思っていたとおりプリンタの下にあった。

「先生、ありました。箱ごと持って行かれますか？」

合田に問いかけながら箱を持ち上げようとした美月は、意外な重さによろける。

「きゃっ」

転んで床にしりもちをついた美月の正面に、合田が笑いながら屈みこんだ。

「お尻が重くて持ち上がらなかった？」

「違いますっ」

「今日もヒョウ柄のパンツを？」

「穿いてませんってば！」

以前、患者に襲われた美月を助けた時にチラ見したショーツの柄を、合田はまだ執念深く覚えているのだ。恥ずかしくて半笑いで見上げた美月の唇が、いきなり合田の唇で塞がれた……。

床に座ったままの美月の正面に、膝をついて屈んだ合田は、唇を塞いだまま、美月の両腕を掴んだ。

「あ……」

「シィッ」

今度は唇を強く吸われ、歯の間から滑りこんだ舌が口腔を優しく愛撫した。

「んっ……ふぁっ……」

ソフトな舌の感触は心地よく、美月のそれに絡んでくる舌の動きから合田の熱が感じ取れるようだ。美月は漏れそうになる声を抑えることも忘れ、合田のキスに夢中で応えていた。きつく抱きしめられて、互いの胸がピッタリと合わさると、さっきの覗き見のせいでまだ堅く尖ったままの乳首が、下着に擦れて電気のような快感が走る。

（気持ちが良すぎて止めたくない。でも、こんなこと……だめ）

美月は顔を背けて、果てしなく続きそうな甘いキスを中断させた。めまいがしそうなほどに心臓が早鐘を打ち、頭がくらくらした。合田の顔を見るのが怖い……。それでも意を決して顔を上げ、視線を合わせる。

「先生……」

合田は甘く微笑んでいた。自分をからかおうとして、悪戯っぽい表情でいるに違いないと思っていた美月は、不意をつかれて言葉を失う。

「もうおしまい？」

「……えっ？」

「これからいいところなのに、寸止めされてしまった」

「ご、ごめんなさ……」

謝らなければいけないのは、いきなりキスをした合田の方なのに、何故か美月が謝ってしまう。それにしても、合田の態度は変だ。

「どうしてこんなことを私に……？」

「山川さんが、キスをしてほしそうな顔をしていたから」

「はいっ？」

「期待には、応えないと」

「応えなくていいですから！　って言うか、期待とかしてないしっ！　先生、誰にでもこんなことをしているんですか⁉」

「いや、手当たり次第とかじゃありませんよ。時と場合と相手と安全を見極めて……」

「えっ⁉　今、なんて？」

今の状況が安全だとは決して思えないが、合田の言葉で我に返った美月は、よろけながらも立ち上がる。そして、この出来事を『なかったこと』にしようと咄嗟に判断した。

「い、今のキスは事故。そう、事故です。先生、お互いに忘れましょう」

「事故なんですか?」

「はいっ、事故、です。私は仕事がありますので、病棟に戻ります。先生もその箱を持って、とっとと医局に帰って下さい」

「……」

グズグズする合田を追い立てて、美月は五十一番外来を出た。鍵をかける美月のうしろで、合田は箱を手に無言で立っている。そのままさっさと先を行く美月を、合田が呼び止めた。

「そっちはダメです」

「あ!」

動揺していた美月は、また内視鏡室の前を通ってしまうところだった。回れ右をして合田のあとを追いながら、自分も内視鏡室の彼らを責めることなどできないな……と、美月は思った。そして、これからは絶対、夜間に内視鏡室の前は通らないことと、夜勤で合田とふたりっきりにならないことを自分に戒めるのだった。

第三章　院内旅行で僕（しもべ）に襲われる!?

梅雨が明けても、スカッとした青空にはなかなかお目にかかれず、湿気の多いジメジメした日が続いていた。毎年のこととは言え、こんな気候は病人にとって決してよくはない。ただでさえ体調が悪いのに、食欲や免疫力が落ちたり、熱中症などになる可能性が高いからだ。そんな夏本番の七月、美月は今日も患者のために忙しく飛び回っていた。疲れ果てた美月が密かに楽しみにしているのが、週末に控えている院内旅行。

美月が勤務する病院では、毎年院内旅行が開催される。希望者に限りなのだが、年に六回の奇数月のうち、好きな日程を選んで一泊二日の週末旅行に参加できる。いつもは参加しない美月も、ちょうど仕事に疲れきっていたので、〝超素敵なオーベルジュ〟での一泊という豪華プランに心惹かれ、相原と共に尾道旅行に参加することにしたのだ。

しかし今日、相原から合田も旅行に参加すると聞いて、美月は急に旅行に行くのが億劫になってきた。内視鏡室の覗き見騒動がどうでもよくなるほどの、五十一番でのキス事件から、しばらくは合田に会うと気まずくて、仕事がやりにくかったのだ。一ヵ月ほど経って、ようやくその気まずさが薄れてきたというのに、院内旅行でずっと顔を合わせるとなると、いやでも会話をしなければならない。合田と会話をするのが嫌というよりは、合田と一緒にいると、自分の気持ちが平静ではいられなくなるのが嫌だった。

（あーあ、行くって言うんじゃなかった……）

とは言え、直前にキャンセルなどできない。一向に気が乗らないまま、旅行当日になった。

今回の尾道旅行はホテルが豪華で料金が高かったので、参加人数が八名と少ない。合田を筆頭に、若手の男性医師四人。女性は美月に相原、それに産婦人科の看護師が二名と、男女が見事に四対四になっていることに、美月は何らかの意図を感じたが、その首謀者のはずの相原は何も言わない。

尾道までは、休憩を入れても三時間以内の短いバス旅だ。美しい島々とそれらを結ぶ橋の景観の美しさで有名な「しまなみ海道」を通っていく。バスが橋を渡るたび、その大きさや建造物としての美しさに歓声が上がる。空も海も真っ青で、とてもいい天気に恵まれた。何度通っても美しい風景だと美月は思う。尾道市内に入り、バスは尾道ラーメンの人気店近くの駐車場に停まった。美月は早く宿に落ち着きたかったのだけれど、観光旅行に来たのだから、そうもいかない。黙ってついていくしかなかった。

店の前には、人気店だけに長い行列ができていた。最後尾に並ぶと日差しがきつく、汗が噴き出てくる。日傘は他の人の邪魔になるから使えないので、不本意だけれど高身長の合田・奥田ペアが作った影に美月たちは避難することにした。合田にピッタリとくっついた相原が、嬉しそうに言う。

「合田先生は、尾道って初めてですか？」

「ええ。広島に行く時にこのルートは通るけど、尾道にわざわざ立ち寄ることはないですね」

「そうなんですねー。それで、今回の参加を決めたんですか？」

「参加理由？　ホテルでゆっくり休めそうだなと思って。普段は休みだからといって自宅にいても、しょっちゅう呼び出されるでしょう？　僕は、ただ睡眠がとりたいだけです」

たしかに。と、隣で奥田が笑っている。美月は合田の参加理由が自分と同じだなぁと、ぼんやり考えていた。そんな美月をチラッと見た相原が、余計なことを言う。

「美月も全く同じ理由で参加を決めたんですよ。エステとディナーのあと、爆睡したいって」

「エステ……」

合田が美月を見下ろして、ニヤニヤと笑った。

「先生、その含みのある笑顔は止めて下さい」

言わなきゃいいのに、やっぱり憎まれ口を叩いてしまう。そんな美月にまったく動じない合田は、逆に楽しそうに言い返した。

「含みって……人聞きの悪い。ただ、エステって聞いたから、磨いても見せる人もいないのにもったいないなと思っただけです。お気の毒に」

「お気の毒って何ですかっ？　それに、見せる人がいないって、なんで決めつけるんですか」

「じゃあ、いるんですか？」

「もうっ！　先生には関係ありません。私のこと何も知らないくせに……」

「美月ぃ止めてよー。最近おとなしくなったと思ってたのに、やっぱり合田先生とは合わないんだねぇ」

「だって……ううん、ごめんなさい。せっかくの旅行なのに」

「いえいえ。山川さんとのおしゃべりを嫌だと思ったことは一度もありませんよ。こうしてギャンギャン言われないと、ワサビが添えられていない刺身みたいで、毎日に刺激がなくてつまらないです」

「私はワサビだって言うんですか？」

「あ、マスタードとも言いますね。辛すぎないところが、風味だけの粒マスタードってところでしょうか」

「粒マスタード……」

　決して褒められているとは思えない合田のたとえに、美月は釈然としない。そのうち順番がやってきて、ゾロゾロと店内に入ると、調理場が丸見えのカウンター席で、中年の女性たちが忙しそうに注文を受けていた。全員が尾道ラーメンを注文すると、先払いだと言う。美月が財布を出そうとすると、相原に止められた。

「合田先生が払ってくれるって。先生、ごちそうさまです」

「えっ？　あっ……すみません。ありがとうございます」

おごることに慣れている合田や奥田、それにいつもご馳走される側の相原は、こういう時もスマートだ。美月はひとりでドギマギしてしまう。おごられて当然だなんて思えない性格だから、仕方がない。


あっと言う間にラーメンを完食し、店を出た一行は、街をそぞろ歩いて千光寺に向かう。

千光寺に続く階段を見上げた相原の顔が引きつった。

「えっ、ここを登るの？　ハイヒールを履いてくるんじゃなかった……」

と、合田と奥田は真顔で頷いている。美月が他の女性参加者の足元を見ると、ふたりとも相原と同じようなハイヒールサンダルだ。

「大丈夫ですよ。ゆっくり登っていけばいいんだから」

合田がしれっと言うが、ハイヒールを履いたことがないから言えるセリフだ。スニーカーの美月は、何故か他の女性たちに悪いことをしている気になってしまう。でも、あくまでも前向きな相原は違った。

「とにかく登って、足が痛くなったらスニーカーを買えばいいか！　それに先生、歩けなくなったらおぶって下さいね」

合田を見上げながら相原は嬉しそうに言う。どう見たって合田が相原をおぶることなどあるはずがないのに、本人はいたって前向きだ。合田は頷きもせず、曖昧な笑みを浮かべている。代わりに隣の奥田が笑顔で相原の手を取った。

「相原ちゃん、僕が助けるから行こう」

「うーん……まっ、いいか！　奥田先生、お願いしまーす」

手に手を取ってふたりが先を行くので、必然的に美月と合田が連れだってあとを追う形になった。ほかのメンバーも自然と男女のカップルになっている。美月以外の女性たちは日傘を持っていて、ペアの男性が傘を持ちピッタリと寄り添って歩いている。かたや、もともと身軽な美月は、持ち物もお気に入りの小さなポシェットのみの手ぶらという潔さで、合田とほどよい距離を保ちつつ階段を登る。

「山川さんは、軽やかですね」

何を思ったのか、合田がボソッと呟いた。

「あ、荷物ですか？」

「ええ。服装もですけど、余計なものがひとつもない」

「そうですね。両手が塞がっていない分、すごく自由ですよ。それに歩くのが好きだから、ヒールの靴も履きませんし、どんなところでもサバイバルできる自信はあります」

「しかも、ショートカットにノーメイク」

だんだん合田の言いたいことがわかってきた。美月は人差し指を振り子のように動かしながら合田を見上げた。

「女を捨てているって言いたいんでしょう？　お言葉ですけど、メイクはちゃんとしています。日焼け止めとリップクリームは欠かせません。それに、ショートカットだからって、バカにしないでください。勝負！　と思ったら、女性らしいメイクや服装だってできるんですからねっ！」

「オヤ、そうですか？　スカートは持っていないのかと思っていました」

なぜか、合田の笑顔がどんどんニヤけてきている。嫌な予感がするが、美月は勢いに任せて首を振った。

「そんなことはないです。今回もちゃんとスカート系は持って来ていますしっ」

美月は、オーシャンビューの素敵なリゾートホテルだと聞いたので、今回の旅行のために、マキシワンピースをセレクトショップで買って、荷物の中に忍ばせている。と言っても、自分が広いテラスでくつろぐための小道具で、それを目にするのは同室の相原だけになりそうだけれど……。

「スカート系？」

「あ、ワンピースのようなものです」

美月は女性の衣類に詳しくないだろう合田に、親切に説明をした。

「上は割と身体にフィットしているんですけど、スカートが長くてふんわりしています。薄手の生地でできているからリゾート地にピッタリなんです」

「へぇ」

「へぇ、って……へぇ、って何ですか？」

気がつくと、美月たちは皆を追い越してずっと先を歩いていた。相原達の姿が遙か後方に見える。今、美月と合田の口論を止める人物はここにはいない。

「いや、口では何とでも言えるな、と思いまして。やはり異性の確かな目で判断する必要があるんじゃないですか？」

合田の口調はクソ真面目で、仕事の話でもしているように聞こえるけれど、これはあくまでも美月の私服についてのくだらない会話だ。

「先生、私に喧嘩を売っています？」

「まさか！　山川さんの主観だけでは判断しかねると言っているだけです」

「判断？　何が？」

「あなたが、ちゃんと女性らしい服装ができて、男性を誘惑する色気を持っているのかということを」

『ムッキーッ！』

美月の脳内では、三千メートル級の火山が噴火したくらいの勢いで怒りが噴出した。富士山に高さはちょっと及ばないが、それでもかなり悔しいことを言われた気がする。この喧嘩は買わないといけないと思った。

「じゃあ試してみます？」

「いいですよ。では、賭けにしましょう」

「えっ？」

いつもの美月なら、『賭け』と聞いただけで、いや、相手が合田だというだけで尻込みをしていたに違いない。しかし、今の美月は、旅行という非日常にいるせいか、ずいぶんと大胆になっていた。

「賭けって、何をかけるんですか？」

「そうですね……たとえば相手に一日中服従する。とか」

「服従⁉」

美月は賭けをする方に気持ちが傾いていたけれど、「服従」という単語に一瞬怖気づいた。それを敏感に察知した合田が、説得にかかる。

「服従と言っても、常識的な範囲ですよ。たとえば、僕が負けたら山川さんのメールだけには速攻で対応するとか、僕が勝てば、豪華ランチを医局に持参してもらうとか、他愛のないものです。いかがですか？」

「うーん」

合田の提案を聞いて、賭けに負けた時にどんなに恥ずかしいことをさせられるのかを考えると、少しだけ腰が引けた。しかし今の美月は、なぜか合田には勝てる気がした。

「賭けに、乗って……みようかな」

「じゃあ決まりだ。では、今夜の食事会で、女性らしい服装で僕をメロメロにしてください。判定は客観的な立場の奥田先生にでもお願いしましょう」

「わかりました。私、絶対勝ちますから。私が勝ったら、先生にはイッパイ仕事してもらいますから。私の依頼を優先してくださいねっ！」

「ふふ……僕だって簡単には負けませんよ」

美月と合田が闘志満々でいると、ようやく相原たちがふたりに追いついた。そして、皆で千光寺でお守りを買って降りることにした。


千光寺参りの後は街を散策して午後四時すぎにホテルに到着する予定だったが、女性たちが足の痛みを訴えたために、一時間ほど早めにホテルにチェックインすることになった。相原は残念がったが、足の痛みには勝てない。

「そっか、ホテルにチェックインしたら、先生の部屋に遊びに行けばいいんだよね」

怖いほど前向きな相原に、美月はお手上げだ。

「あのさぁ相原、メイク道具を貸して欲しいんだけど」

「いいよ。やっと美月も、その気になったんだね」

「その気って何よ。そういうんじゃないから」

「いいってことよ。でさ、ターゲットは誰？　まさか、合田先生とか言わないでよ」

「へ？」

美月は大きな勘違いをしている相原に、合田との賭けを端折って説明した。

「何それ、やっぱり相手は合田先生じゃん。でも……先生も変なこと考えるね。ウケる～。あくまでもゲームでしょ？　楽勝だね。メイクしたらさすがの美月もすごく変わるって、先生は知らないから」

「ふふ……そう思う？　女らしい格好で僕をメロメロにしてください。なんて言うんだよ」

「あ、でも、メロメロにかぁ……それはちょっと大変かもね」

「大変？」

「だってさぁ、美月は男性に興味がないから、シナをつくるとか、色気とか出せる？」

「う、うん……お手本が相原だからなぁ……むずかしいかも」

「わはは、失礼な奴。あっ、そうだ！　美月、ハイヒールサンダルを貸してあげる」

「なんで？」

「まぁ見てなさい」

ほくそ笑む相原に若干不安を感じつつ、美月は彼女のアドバイスに従うことにした。そんな話をしているうちに、マイクロバスはホテルに到着した。

瀬戸内の青く美しい海をバックに白く浮かび上がるホテルの外観は、ここが尾道だということを忘れるほどに洗練されている。まるで、地中海あたりのリゾートホテルのようだった。バスを降り立った女性たちは、歓声を上げた。

「海！　綺麗～」

「わぁっ！　素敵だね、美月ぃ」

「す、すごいね」

ホテルは白い石作りで、客室は全てオーシャンビュー。高台にはウェディング用のチャペルまであって、まさにオトナ女子の夢がつまったオシャレな高級リゾートホテルだ。

「総務の担当者を丸め込んだ甲斐があったわ」

相原の小声に、美月は思わず振り返る。

「相原、何をしたの?」

「ん? 別に。ネットで見て素敵だなーと思ったから、総務の担当者にパンフを持っていったのよ。高いからダメだって言うから、お金を出せるメンツを集めたらいいんですね! って、ごり押ししたの」

「そ、そうなんだ」

「美月が話に乗ってくれたから、あとはトントン拍子よ」

「なぜ私?」

「だって……超堅実な美月が選ぶくらいだから、よっぽどいいプランなんだろうねって、彼女たちふたりが参加してくれたのよ。その後は、合田先生がOKしてくれたのも大きかったかな」

相原はフロントに向かうメンバーを指して、美月に説明をした。

「そんなに、ここに来たかったんだ」

「うん。素敵でしょ? チャペルの見学もしたいし～、食事のあとはロマンティックなナイトプール&バーでカクテルも楽しみたいし～」

うふっ。と、可愛く笑う相原の目は、すでにハート型だ。何を夢見ているかは、美月にはわからない。

しかし、相原のやる気に若干引き気味の美月も、客室に足を踏み入れた瞬間、歓声を上げた。

「わーっ、天蓋ベッド！　素敵。熟睡できそう」

「素敵って、そこ？　でも本当に素敵だね～　アメニティーも豪華だし。すごーい」

相原と美月はキャーキャーと言いながら、部屋中をしばらく探検して回った。

シャワーを浴びて、足の痛みも和らいだ相原は、メイク直しをすると、辺りを散策すると言う。

「美月はエステ三昧だったよね？　ピカピカに磨き上げてもらうんだよ」

「うん、わかった」

実は、美月がこの旅行に参加する気になったのは、移動距離の短さとホテルの素敵さ、それに豪華エステが三十パーセント引きという謳い文句に惹かれてのことだった。

フェイシャルとボディーで二時間という豪華エステを受けて、仕事で疲れきった心身をリフレッシュしたいと思っていたのだ。早めにホテルに到着したために待ち時間があまったので、エステの開始時間を調整できないものかとフロントに聞いてみると、運よく三十分早めに受けられるという。手早くシャワーを浴びた美月は、ピカピカ艶々になって、必ず合田をギャフンと言わせてやろうと意気込んでエステルームに向かった。

エステルームでは三人のスタッフが美月を待っていた。贅沢なトリートメント剤を使って、至れり尽くせりの施術をタップリ満喫した二時間後、鏡に映った自分の肌を見た美月はすっかり満足顔になる。元々色白の肌が、二十代頃の輝きを取り戻したかのようだったからだ。これならファンデーションを使わなくても女性らしい魅力を振りまけそうだ。

部屋に帰る途中でホテル内のブティックを覗くと、センスのいいお土産や装飾品がたくさん並んでいる。ふと目についたストールを手に取ると、滑らかな手触りのシルクが心地いい。ブルーの色が鮮やかで、今日着るはずのワンピースの胸元も上品に隠してくれるだろう。値段は決して安くはなかったが、あとで母に贈ってもいいなぁと思い、美月は思い切って買うことにした。


部屋に戻ると、完璧なメイクにノースリーブワンピースを着た相原が、テラスで優雅なティータイムを楽しんでいた。

「あ、お帰り～。わぉ、ピカピカだね美月」

「ただいま。最高に気持ちよかったよ」

「そりゃそうだ。家賃一ヵ月分に匹敵する金額だもん。それにしても美月ってば、お金の使い方が男前だね」

「私は普段、化粧とか服に相原みたいな投資はしないから、このぐらいの贅沢は許されると思うよ。これだって、疲労回復も兼ねてのエステだし……。そう言えば相原、誰かの部屋に遊びに行ったの？」

「ううん。奥田先生に誘われてマリーナまで散歩してきただけ」

「へぇ～奥田先生って、何かと相原に付き合ってくれるよね」

「だね。いつもニコニコしているから話しやすいし、いい人だよ」

合田への明るい執着はもう止めて、奥田のような穏やかな人と付き合えば相原も幸せになれるのに……と、美月はずっと思っていた。でも、合田に誘いをかけることは、瞬殺されることも含めて、相原の楽しみとなっているようだった。なんだかんだと合田を誘い、あえなく振られても、相原は決して腐らない。そして、美月に言うのだ。『ダメで元々。一度でもデートにOKしてくれたら、超ラッキーでしょ？　だから誘うんだよ』と。なので、美月はあえて相原には何も言わないことにしている。

夕食は七時からだ。今からメイクしてもギリギリかもしれない。美月は相原にメイクを手伝ってもらうことにした。

「相原、メイク道具を貸してもらっていい？」

「いいよー。でも、ファンデとかいらない感じだね。薄ーくコンシーラーを目の下に塗って、ちょっとだけチークとマスカラを使う？」

「うん。ねえ、ピンクのグロスある？」

「もちろん。艶メイクだね」

相原に手伝ってもらい、美月はいつもよりかなり念入りにメークをした。ヘアにも少しジェルをつけて濡れた感じにする
「前髪を横に流して、そうそう、それで上目使いをするといいよ」

「うん、わかった。何だか私、勝てそうな気がしてきた」

「ねー、勝ったら合田先生に何をしてもらうの？」

「え、仕事だよ。奴隷のようにこき使ってやる」

「マジで？　せっかくの賭けなのにもったいなーい」

「何でよ？」

「あのさぁ……私の足をお舐め。とかやんないの？」

「そんなこと私がするわけないでしょ。まったく……」

ため息をついた美月は、クロゼットからマキシワンピースを取り出した。極細の糸で織られた生地はシルクのように滑らかで、肌にぴったりと吸いつくようだけれど、裏地がついているので、肝心な箇所は透けない。でも、そんな微妙な透け感が男性の目を引きつけそうだ。胸元は大胆なUネックで、フレンチスリーブは軽くフリルになっている。少し高い位置にある細いウエストからスカート部分がはじまり、膝から下がスリットになっているので、歩くと足が見え隠れするデザインがセクシーだ。これを合田の前で着て見せるのだと思うと、若干足が竦む。大学時代から女性らしい服装をほとんどしていなかったせい

もある。しかし、売られた喧嘩は買わなくちゃ！　と、美月は鼻息を荒くした。

ショップで買ったストールを巻くと、狙いどおりに胸が隠れた。美月の姿を羨望の眼差しで見ていた相原が、急に「あっ」と声を上げた。

「美月、ストールで隠したらダメだよ」

「えっ⁉」

「すっごく素敵な胸なのに、もったいないよ」

「でも、胸を見られるのは恥ずかしいよ。それに落ちつかないし……」

「わかるけど、そんなことを気にしていたら、美月の魅力が半減するよ。賭けに勝ちたいんでしょ？　だったらもっと堂々としていればいいのに。私だったら、見て見て～！って、美乳を自慢するけどな」

「う……ん」

賭けに勝つためだ。渋々相原のアドバイスを受け入れた美月は、スカーフを巻かずに手に持っていくことにした。

メインダイニングでは、着飾った人たちが楽しそうに食事をしている。美月たちのテーブルにもすでにメンバーが揃っていた。

「ギリギリですね。ごめんなさい」

相原が明るい声を上げて席に着き、だいぶ遅れて美月がゆっくりとあとを追う。相原に借りたサンダルのヒールが高すぎて早く歩けないのだ。こんなものを毎日履いて通勤してくる相原を美月は本気で尊敬する。相原の美への執念、恐るべし……。

ワンピースの裾を優雅にゆらめかせて、テーブルに近づいてくる美月に、その場にいた全員が目を奪われた。女性にしては高めの身長に、ブルーのマキシワンピースがエレガントだ。慣れないサンダルに苦労しながら歩く姿が、男の庇護欲をそそるらしい。

メイクは、達人相原の隠し技が随所に光っている。細く入れたインサイドアイラインや、瞳を神秘的に演出する濃いブルーのマスカラ。そして薄いピンク色のリップなど、し過ぎない程度のナチュラルメイクがエステ後の肌に輝きをもたらす。そして、ショートカットの首から肩にかけての線は優美で、華奢な鎖骨から続く肌は白く輝いている。相原に隠すなと言われた形のいいバストの盛り上がりが、薄手のワンピースの生地からもはっきりと見てとれた。

「あの……遅れてごめんなさい」

皆の視線に戸惑いながら、美月は相原の隣に座った。目の前には合田がいるが、その表情からどんな気持ちでいるのかは読み取れない。最初に我に返ったのは奥田医師で、美月に笑顔で言葉を返した。

「いいえ。集合時間にピッタリですよ」

そう言って、レストランのスタッフに合図をする。美月と相原のドリンクが決まって、ディナーがはじまった。

前菜、サラダ、魚料理、口直しのソルベのあとに肉料理が続いた。

「うっわ、肉柔らかーい！　美月ぃ、美味しいね」

「本当だね、こんなに美味しい料理、初めてかも……」

美月は相槌を打ちながら、至福の時を味わった。

ディナーの味に感激した相原が、頬に手を当てて涙目になっている姿を、正面に座った奥田医師が笑顔で見守っている。こんな関係性もいい感じだなぁ…と思いながら、美月は同席した面々を見渡した。他のメンバーも、満ち足りた表情で料理に舌鼓を打ちながら談笑している。

「お腹いっぱい！　体重を測るのが怖ーい」

相原がそう言ってお腹をさすると、奥田が耳ざわりのいいセリフを口にする。

「相原ちゃんは太っても可愛いよ」

「またまたーっ。奥田先生ってば、太らせて私を食べるつもりですかぁ？」

「うん。食べてもいいのかな？」

「だめー」

際どい会話をしているはずなのに、ふたりからは生々しさが感じられない。まわりに合わせて笑いながら、美月はワインに手を伸ばした。相変らずお酒には疎いので相原と同じワインを選んだのだが、食事と一緒に少しずつ飲んでいるうちに、頭がボーッとしてきた。ふと視線を感じて顔を上げると、正面に座る合田と目が合った。賭けを思い出した美月が、『どうよ？』とばかりに眉を上げると、合田はなぜか目をそらす。いつもの態度とは少し違う合田に、美月は首を傾げた。

ディナーが終わり、美月たちはレストランの前のプールに面したテラスに移動することになった。アルコールが入っているから、さすがにプールで泳ぐ人はいないようで、みな思い思いに寛いでいる。ウエイターがアルコールの注文を取りに来てくれたので、美月は相原と同じカクテルを注文した。

ソファーに腰を掛けて海風に吹かれていると、旅行メンバーのひとりが美月の側にやって来た。美人だと名高い看護師だった。

「山川さん、すごく素敵です。普段メイクをされないから、衝撃的でした」

「あ、ありがとうございます。ほとんど相原のおかげなんですけどね」

美月の言葉を謙遜と受け取ったのか、看護師は首を振った。

「山川さんのナイスバディ伝説が、本物だったたってことも衝撃でした」

「何ですか、それ？」

「ええ？　有名ですよ。やっぱりご本人は知らないんですね」

「美月はそのバディをいつも隠してるからね。でもさ、今夜くらいは綺麗に着飾りたかったんだよねーっ」

相原のフォローに看護師が頷いた。

「じゃあ、病院に戻っても、ほかの人には言わない方がいいですか？」

美月は大きく頷いた。

「もちろん。こんな恰好をしていたとか、旅行に参加していたとかも内緒にしてください、恥ずかしいので」

注文したカクテルが届くと今度は合田と奥田がやってきた。暗黙の了解みたいにできあがっているカップリングに気遣ったのか、看護師が席を立った。

「私のドリンクもあちらのテーブルに届いたみたいなので、失礼しますね」

「はい。また……」

看護師を見送った奥田が、相原に尋ねた。

「あの看護師さんは、普段はどこにいるの？　僕、今回の旅行で初めて見たよ」

「彼女は有名ですよ。知らないなんて珍しい」

「僕は相原ちゃんにしか興味がないからね」

カクテルを吹きそうになった美月の隣で、相原が爆笑した。

「またまたー。先生ったら、冗談やめてくださいよ～」

「冗談じゃないよ」

「じゃあ、お嫁にもらってくれるんですかぁ？」

「いいよ。一緒にチャペルの見学に行こうか」

「はいはい、また今度」

相原に軽くあしらわれて、奥田は美月に助けを求めた。

「山川さん助けてよ。僕は本気なのに、相原ちゃんは春からずっとこの調子で、相手にしてもらえないんだよ」

「はぁ……」

ビックリしすぎて言葉にならない。恋愛上級者だと思っていた相原が、意外にも自分へのストレートな好意には鈍感だったとは……。弄んでいるようには思えないので、もしかしたら単に奥田が好みではないのかもしれないけれど、それを言うと奥田を傷つけることになりそうだから言えない。美月は奥田に曖昧な笑顔を向けるしかできなかった。実はそれよりも、ずっとこちらを見ている合田が気になって仕方がない。

「合田先生、どうかしました？　さっきからずっと機嫌が悪そうなんですけど」

相原が、いつもの様に直球を投げかける。

「先生、賭けの結果を教えてもらえますか？」

美月も単刀直入に尋ねてみたが、合田の無表情に動きはなかった。こんなに仏頂面でいることは、非常に珍しい。

「あのね、山川さん」

「はい」

不機嫌な合田に代わって、奥田が美月に話しかけた。

「山川さんの勝ちです。レストランに登場したあなたを見たとたん、合田先生が『やられた』と言いましたから。たしかに僕、聞きましたよ」

「本当ですか？」

美月は身を乗り出して合田を見た。合田はぎこちなく頷くと、かすれた声で答えた。

「完敗です。山川さんは、賭けに勝ちました。僕を一日好きにしてもらってかまいません」

「本当に？　あの、私の服装のどの辺が、先生をメロメロにしたんですか？」

「どの辺って、そうですね……ギャップですかね」

美月はもちろん、聞き耳を立てていた相原も、意外な答えに驚いた。

「ギャップですか？」

「いつもは化粧っ気のない山川さんが、化粧するだけでもガラリと変わるのに……さらにその服はズルいですよ」

「あの、どの辺がズルいんですか？」

「……」

美月は自分の何が合田をメロメロにさせたのかを確認したいのに、合田はハッキリ言わないのがもどかしかった。

「僕は賭けに負けました。で、何をすればいいですか？　山川さん、何なりと言って下さい」

昼間は合田に「自分の依頼を優先してほしい」とお願いしたが、そうすると旅行に参加したことや、この賭けの説明を病棟の皆に説明する羽目になりそうだ。それもめんどくさいので美月は、報酬はいらないと合田に言うつもりだった。

「やっぱりいいです。賭けに勝っただけで満足しましたから」

「本当にいいんですか？」

「はい」

「美月ぃ、『私の足をお舐め』って言えばいいのに」

「相原ったら！」

「あ、それでもいいですよ。足以外でもＯＫです」

「えっ？」

合田の軽口に美月がのけ反る。一瞬、その場面を想像して総毛立った。嫌、ではなくて、ちょっとだけ興奮したのかもしれない。

「え、遠慮します……」

「あははっ。合田先生、振られましたね！」

奥田が爆笑すると、合田にも笑顔が戻ってきた。

「当たり前です。舐めるとか……ありえないし」

合田の冗談で総毛立ったからかもしれないけれど、海風を寒く感じた美月は、ストールを身体に巻きつけて両腕で自分を抱きしめた。それを見た合田が、ジャケットを脱いで美月に差し出す。

「よかったら着てください」

「ありがとうございます。先生、今夜は珍しく私を女性扱いしてくれるんですね」

素直にジャケットを受け取った美月はそれを肩に掛けた。賭けに勝った勢いか、それともアルコールのせいか、今夜は美月も合田に対して構えずに話すことができていた。

「今夜の山川さんは、間違いなく女性です」

「今夜の、って……普段も間違いなく女性ですけど」

「美月ったら〜いいじゃんそんなの。ねえ今度はビールにする？」

「うっ、うん……でも、もう寒くなってきたから部屋に帰ろうかな」

「えっ、もっといようよ」

美月が立ち上がろうとすると、合田がウエイターを呼びよせ耳打ちをした。すると間もなく美月の元にひざ掛けが運ばれてきた。

「せっかく賭けに勝ったんですから、権利を使ってください。今夜は僕が山川さんの、僕（しもべ）になります」

「きゃーっ、合田先生、しもべって、いい響き！　私にも言ってほしーい！」

すでに酔いはじめている相原が叫ぶ。でも、美月は冷静だ。

「先生、何か企んでいませんか？」

「ひどいなぁ、ひどい。今のセリフには正直へこんだ」

そう言って、合田は肩を落として俯いた。

（演技かなぁ……でも、今まで散々からかわれているから油断できないんだよね……）

美月が合田の本意を摑みあぐねていると、俯いていた合田がボソッと呟いた。

「山川さんの足の指、小さくて綺麗だな……」

「えっ⁉」

「これなら、本当に舐められるかもしれない」

合田の呟きをハッキリと聞き取った美月は、とっさに足の指を隠した。

(もうやだ！　やっぱり合田先生とは離れていよう)

美月は立ち上がると、合田に背を向けた。

「私、部屋に帰りますっ！」

「えっ、美月？」

「山川さん、しもべを残して部屋に帰るんですか？」

ノリノリの合田が立ちあがり、美月の腕を摑んだ。

「他の誰かに仕えて下さい。しもべなんて、私はいりませんから！」

「もったいなーい。そうだ！　部屋に帰るんなら、合田先生にお姫様抱っこをしてもらえば？」

相原が恐ろしいことを言い出した。美月が引き攣った表情で合田を見上げると、合田の眼鏡の向こうの目が光って、舌なめずりをする猫のような表情になった。

(あ、これ、本気でやる気だ！　まずい)

美月の脳内では、警告ブザーが鳴り響いているのに、合田の目力に捕えられて足が動かない。

「やっ、止めて。恥ずかしい！」

「姫、何をおっしゃるんですか？　しもべがベッドまでお運びしますよ」

「いやっ！　やめてーっ！」

美月の抵抗も空しく、次の瞬間合田は軽々と美月を抱き上げた。その光景はテラスにいた宿泊客たちの注目を一身に集め、旅行メンバーもふたりを囃し立てる。

「合田先生、やるー」

「山川さん、羨まし～い」

外野の声を完全に無視した合田が、美月の耳元で囁いた。

「山川さん、キーは？」

「やだっ」

「ヤダじゃないでしょ、ほら出して」

渋々美月が合田にカードキーを渡すと、ふたりをスマホで撮影している相原の姿が目に入った。

(相原……あとで見てなさいよ！)

「あ、うそ、カッコイイ」

「新婚？　ラブラブ～」

そんな囁き声の中を、美月は真っ赤な顔をして合田にしがみついていた。騒ぐとますます目立って逆効果だと思ったのだ。

「山川さん、意外と体重……」

「ありませんってば！」

こうなるとヤケだ。明日には筋肉痛になればいい……と合田を呪ったが、合田の腕の筋肉を思い出し、その呪いも無駄になることに気がついた。美月が別の呪いを考えている間に、合田はロビーを横切り、宿泊棟に進んでいく。

「もう、下ろしてください」

「いや、もうすこしですから」

美月が顔を上げると、合田が妖しく微笑んでいた。あの、夜の外来でのキスを思い出し、美月の心拍数が上がる。

(どうしよう……意識しちゃいそうだ)

「二〇五号室。姫、着きましたよ」

美月が勝手にドギマギしている間に、合田はドアを開けて部屋に入った。カードキーを差し込むと照明が柔らかく灯る。

「天蓋ベッドなんだ？　女の子らしいね」

「先生たちの部屋は違うんですか？」

「うん。奥田とクイーンサイズで一緒に眠るんだ。おかしいでしょう？　姫、降ろしますよ」

重みなど全く感じていない様子で、合田は美月をベッドに横たえた。そして、美月の目をジッと見つめながらゆっくりと後退る。横たわる美月の足元まで移動すると、まだサンダルを履いたままの足をそっと持ち上げた。半身を起こした美月は、恐るおそる合田に尋ねた。

「な、何をするんですか？」

「サンダルを脱がせてあげようかと思って」

「や、別にそこまでしてくれなくても……」

「しもべ、ですから」

美月の両脚からサンダルを脱がすと、クロゼットの脇に置く。そして部屋を出ていくかと思ったら、ベッドに戻ってきた。そのまま膝をつくと、美月の左足首を持ち上げていきなりキスをする。

「うきゃっ！　何するんですか⁉」

合田の顔面を蹴っていいものか、一瞬戸惑ったのがいけなかった。美月の小さな足の指にキスをした合田は、続いて、足の小指を口に含んだあと、隣の指の間に舌を這わせる。

美月の指の先からゾクリとする甘い痺れが足を伝い背中へと這い上がってきた。その、快感とも嫌悪とも言い難い感触は未知のもので、美月は思わず叫んでいた。

「いやーっ、ヘンタイッ！」

「失礼な。ヘンタイだなんて……あんまり指が可愛いからキスをしただけじゃないですか」

「そんなことしてほしくないし！　もう、離して！　部屋から出て行ってください！　ばかーっ」

美月の左足を離した合田は、ニッコリと笑って立ち上がった。

「じゃ、また」

「また、じゃないっ。二度とない！　出てけー！」

枕を投げつけたが、ヘンタイには届かずにポトンと床に落ちた。合田は枕を一瞥したあと、美月に手を振って軽やかにドアから出て行った。


合田が出て行くと、美月は浴室に走りシャワーを浴びた。

(もうっ、先生ったら！　旅行だから浮かれてるの？　それともお酒のせいなの？　前から変な人だとは思っていたけど、あそこまでヘンタイだったなんて)

シャワーのあと、備えつけのパジャマに着替えた美月は早々にベッドに入る。アルコールの酔いが残っていたせいか、合田にとんでもないことをされたにしては、すぐに睡魔に襲われて眠りに落ちて行った……。


その夜……寝ていた美月は、何か重いものが自分に覆いかぶさっているのを感じて目を覚ました。気がつくと、真っ暗な室内で誰かが自分の身体を撫で回している。

（えっ、ここはどこ？　相原は？）

頭では逃げなくちゃいけないと思っているのに、身体は誰かの愛撫を受け入れて吐息を漏らしている。

『ああん……あぁ。気持ちいい……』

昨夜、女子力を証明するために、小さく見せるブラから解放した胸の頂が、男の愛撫を受けて固くなっていく。ギュッと強く摘まれ、また声が出た。

『はあ……ん。あんっ』

自分の意思に反して揺れる腰が恥ずかしい。男の力強い太腿が両脚の間に入ってきて、露わになった秘所に固く熱いモノが押し当てられた。

『あっ……そこ、だめっ……』

美月の言葉など無視するように、押し当てられたモノがそこを擦った。

『あっ……やぁ……ダメだったら……』

身体を押し開きながら、男は美月の着ているものを捲り上げて脱がせ、全裸にしていく。その乱暴な行為に、美月の理性がはじけ飛んだ……。

「……えっ⁉」

「あーもう、うるさいなあ」

聞き覚えのある声に、浅い眠りを彷徨っていた美月の意識が完全に目覚めた。瞼を開くと、今さっきまで真っ暗だと思っていた室内は薄っすらと明るくなっている。

「え？　……何、これ」

横たわっている美月は、目の前にある大きな背中にしがみついていた。その背中の主は、どうやら男性らしい。それも、よく知っている……。

その男性がムクッと起き上ると、振動でベッドが揺れた。美月の目の前にいるのは昨夜と同じTシャツを着た合田で、不機嫌そうにこちらを見下ろしている。

「ご、合田先生。本物？　なんでこの部屋に？　まさか……このヘンタイっ！」

「ヘンタイは昨夜で卒業しました。それにもう、しもべは昨夜かぎりですからね。あ、言っときますけど、僕は意識のない女性を襲う趣味はありませんから」

「じゃあ……なんでここにいるんですか？　それに相原はどこに？」

まだ頭が混乱している美月は、合田を質問攻めにした。

「相原さんは、昨夜は僕たちの部屋でゲームをしていたけど、今は何をしているか知りません」

「じゃあ、先生は何で私の部屋にいるんですか？」

「みんながうるさくて眠れないから部屋を出たんですよ。相原さんにカードキーを借りて、この部屋で寝ようと思って……。言っときますけど、僕は最初からひとりでベッドで寝ていましたからね。こっちに移動して来たのは山川さんですから」

「うそ！」

「嘘じゃありません。寒い寒いって言って、こっちのベッドに潜り込んで来たんですよ。しもべの僕は仕方なく温めてあげたのに、明け方に寝言がうるさくて完全に目が覚めてしまいました。どうしてくれるんですか？」

合田はそう言うと腕時計をチラッと見た。時計はいつものクロノグラフ。やっぱり本物の合田だ。美月は自分の頬をパシパシと叩いたところで、ハッとした。合田にしがみついていた時自分は、すごくエッチな夢を見ていたということを……。これはマズい。そんな夢を見ていたことを、合田に気づかれていたらどうしよう……。美月の背中を、冷汗が流れた。

「あの、先生、温めたっていうのはどういうことですか？」

「羽布団の上にブランケットをかけてあげたのに、まだ寒いと言って僕のベッドにやって来るから、背中を向けて寝ました。まったく……こっちの身にもなってくれよ……拷問だ」

ボソッと呟いた合田の最後のセリフを、美月はよく聞き取れなかった。

「先生、今なんて？」

「……何でもありませんよ」

「そうですか……あの、先生、私何かしました？　その……変な寝言とか、言ってなかったですか？」

「言っていましたよ。あ、とか、ああ、とか、いったいどういう夢を見ていたんですか？」

「……」

言えない。何の夢を見ていたかなんて、絶対に言えない。美月は恥ずかしさで身もだえしそうになった。とにかく、合田から離れようと、ベッドを抜け出して浴室に逃げ込んだ。鏡を見ると、昨夜の美人の魔法はすっかり消えていて、いつものどおりの、少し童顔でぼんやりとした表情の女が映っていた。顔を洗って、改めて自分の服装を見た。ホテルのパジャマをちゃんと着ている。昨夜の夢らしきものの中では、全裸だったようだけれど、やっぱりあれは本物の『夢』だったんだ。ドアの向こうでは、合田の声がしていた。誰かと電話で話をしているようだ。しばらくするとコンコンとノックの音がする。美月がドアを開けると、身じたくを整えた合田が立っていた。

「奥田が電話に出ました。相原さんと、あとから参加した医師のひとりとゲーム三昧のあと、雑魚寝をしたらしいです。僕は部屋に戻りますよ。相原さんもすぐに戻ってくるでしょう。今五時だから、朝食まで少し眠れますよ」

「はい。どうもすみませんでした」

謝る美月に、ようやく合田が笑顔を見せた。

「いいえ。僕もいくら眠いからといって、安易に女性の部屋に入ったのがいけなかったんです。まさかベッドに潜り込まれるとは思ってもいませんでしたけど」

「すみません。夢の中で全……あ、いやっ」

「ぜん、って何ですか?」

「いえっ。なんでもないです！　それでは、おやすみなさい」

合田の背を押して部屋から追い出した美月は、大きな息をしてベッドに倒れ込んだ。そこにピンポーンとナースコールにそっくりなベルが鳴る。ドアを開けると、相原がヘラヘラ笑いながら立っていた。

「もう、相原ったら！」

「ごめーん、美月ぃ。ポーカーに負けてスッカラカンよ。まずは……寝させて」


朝食のあと、ゆっくりと寛いだ美月は、十一時の集合時間にあわせてフロントに向かった。フロントの隣にはラウンジがあり、合田と奥田が立ち席のカウンターに肘を預けてエスプレッソを飲んでいた。身長の高いふたりが並ぶと絵になる。早速相原が駆け寄っていく。

「先生、おはようございまーす。わぁいい香りですね」

「相原ちゃんも飲む？　エスプレッソが苦手ならカプチーノもあるよ」

奥田が小さなメニューを渡しながら言う。

「カプチーノにしようかな。美月は何にする？」

「あ、私、コーヒーは……」

「いいじゃん。きっとすごく美味しいよ」

「うん……じゃあ、カプチーノにしようかな」

合田と奥田が立ったままだったので、美月たちも椅子に掛けずにカプチーノを待った。

「そうだ、相原ちゃん。ポーカーの掛け金を返すよ」

「えっ、いいんですか？」

「うん。最初からもらう気なかったしね。それにしても、相原ちゃんは嘘がつけない人なんだね。弱すぎるよ……」

ふたりが昨夜のゲームの話で盛り上がっているので、美月は何の気なしに合田に視線を向けた。目が合うと、合田が顔を傾けて美月に耳打ちした。

「そう言えば、今朝の山川さんの寝言ですけど」

「えっ⁉　いきなりなんですか？」

「あれ、本当は何の夢を見ていたんですか？」

「……覚えていません」

「本当に？」

「はい。先生……これ以上詮索はしないで下さい。私も先生が昨夜相原のベッドで寝たことは誰にも言いませんから」

「別に言ってもかまいませんよ。山川さんが僕のベッドに潜り込んで来たことも、皆に知られても問題ないですし、山川さんの足の指を舐めたことが院内に広まっても、痛くも痒くもありません」

「止めてっ！　言わないでください！　そんなこと誰かに知られたら、誤解されるじゃないですか」

「どうせ誰も何も思いませんよ」

「先生って、先生って……」

「何ですか？　はっきり言ってもいいですよ」

「……ヘンタイ！　ってか、意地悪！　舐められたこと、忘れてたのに……」

「もう忘れていたんですか？　もしかして若年性痴呆症とか？」

「違います！」

美月は腹立たしさに顔を真っ赤にして、その場で地団太を踏んだ。地団太と言っても、ぴょんぴょん跳ねて怒っているだけなのだが。それを見下ろして合田がニヤニヤと笑っている。

「何やってるんですか？　そんなに嬉しいんですか？」

「反対ですっ！　怒ってるんですっ」

「……お楽しみのところ悪いけど、カプチーノ来たよ」

奥田が美月にカプチーノを手渡した。

「あ、ありがとうございます」

「おふたりさん、ずいぶんと仲いいね」

「美月ずるーい。合田先生と楽しそうにして～」

「ばれた？　僕たち意外と気が合うんですよ」

「嘘ですっ！　逆ですから！」

「山川さん、顔がユデダコみたいだ。あははっ、血圧大丈夫？」

必死に否定する美月を、合田が笑って茶化す。でも、合田の心底楽しそうな笑顔を見ていると、怒っていることが馬鹿らしく思えてきた。

（合田先生って、いい人ぶった腹黒なのかと思っていたけど、本当は、ただの悪戯好きの普通の人なのかもしれない。あ、ヘンタイなのは事実だけど）

旅行という非日常にいるからなのか、ずいぶん合田と打ち解けられた気がして、美月は胸がほんわかと温かくなった。

波乱の院内旅行はこうして終わりを告げた。美月はのんびりと癒されるつもりで参加したのに、結局疲れ切って自宅マンションに帰宅したのだった。


怒濤の院内旅行のあと、何となく気持ちが通じ合ったと思われた合田は、いったん仕事に戻れば、また以前と変わらない作り物の笑顔を貼り付けるようになっていた。素の笑顔などまったくお目にもかかれない。それは美月にとって、想定内だったけれども、ちょっぴり残念でもあった。

そうして、旅行の前とほとんど変わらない日常が再び始まった。

ＴＶの長期天気予報で、今年の冬は寒さが厳しいと気象予報士が説明していたとおり、十一月も終わりに近づくと、雪がチラチラと舞うようになった。

「今年はどれだけ寒くなるんでしょうね？　調子を崩して入院する老人が増えますね」

美月は入院患者の数をカルテ一覧で確認しながら、師長と話をする。例年なら一月から二月がインフルエンザのピークだが、今年は早くもインフルエンザでの入院患者がいる。風邪で休んでいるスタッフもいるので、病棟がいっぱいになると手が回らなくなる。そこに、新人の看護師が疲れた表情で患者のケアから戻って来た。

「井上さん、どうしたの？　具合でも悪いの？」

師長が声をかけると、近づいて来た新人看護師の顔はピンク色で、いつもよりぼんやりとしている。

「なんだか、熱っぽくて……」

「えっ、体温測った？」

「いいえ、まだです」

体温を測ると、三十九℃の高熱だった。若いからこんな高熱でも動けたのだろうか。もしインフルエンザなら、患者やスタッフにもうつしかねない。すぐに師長が看護師をナースステーションの隣の準備室に連れて行った。

「山川さん、今日の当直の先生に連絡してくれる？」

「はいっ！」

美月が電話をかけようとＰＨＳを手にしたところに、ちょうど合田がフラリと病棟にやって来た。時刻は午後七時、合田は当直ではないが、オペ後二日目の担当患者の様子を見にきたらしい。

「合田先生！」

美月は絶妙のタイミングに飛び上がらんばかりになる。嬉しそうな様子の美月に合田も思わず笑顔を返す。

「山川さんが僕の顔を見て嬉しそうにするなんて、初めてじゃないですか？　何かあったんですか？」

「合田先生、ちょうどよかった！　インフル疑いの看護師を診ていただけますか？」

「いいですよ。まさか山川さん？」

「いいえ、新人です。今三十九℃の熱で、準備室にいます」

「でしょうね。どんな菌も山川さんには勝てそうにないから」

「……先生、また私に喧嘩を売っていますか？」

「まさか！　自己管理が完璧な健康体だと褒めているんです」

合田は含みのある笑顔を浮かべて言った。美月は、こんなところで合田と言い合っても仕方がないと、発熱した新人看護師を呼びにいくことにした。

合田に診てもらえるのが嬉しいのか、新人の頬はさっきよりもピンク色が増していた。

『四十℃くらいあるんじゃない？』と美月が心配するほどの血色の良さだ。

「鼻の穴にこれを入れて粘膜にこすりつけますから、ジッとしてください」

大きな綿棒を手にした合田の言葉に、新人看護師は長い偽物の睫毛を瞬かせて微笑んだ。しかし綿棒が鼻に刺し込まれた途端、看護師の頭が動いた。

「あっ、痛ーい」

「ジッとしてくださいと言ったでしょう？　動いて出血するといけないので、我慢してください」

「はぁーい」

「いい子だ」

左手で新人の頭部を固定し、右手で綿棒を動かしていた合田は、前方で怒濤の如く患者の経過記録を入力している美月に声をかけた。

「山川さん、手伝ってください」

（子どもじゃないんだから、二十歳を過ぎた大人が綿棒ツッコまれたくらいでイッターイはないでしょ。我慢してよ。合田先生も、『いい子だ』なんて、看護師を甘やかさないでほしいわ！）

……などと、内心ムッとしていたので本当は手伝いなどしたくなかったのだが、合田の視線が痛い。結局、渋々パソコンから離れ、ガシリと新人の頭部を固定した。

「はい、入れますよ。動かないで」

はしゃいでいた新人は、合田の声に身体を固くした。

「……痛い」

「もうすこし我慢してください」

新人の鼻の穴に綿棒を突っ込む合田の表情は、作り物のように優しそうだ。これまで美月はいろいろな医師の下で働いてきたが、これほど外面のいい人物は今まで見たことがない。学生時代も優しい態度で人気だったが、今の合田はさらに磨きがかかっている。完璧すぎて怖いと思う。というか、それにしても、綿棒でグリグリするだけの検体採取なのに、時間がかかりすぎる。というか、鼻の穴を綿棒でくまなく探るその姿が妙に丁寧で、ヘンタイチックに見えるのは気のせいだろうか？　あの旅行以来、合田は美月の中で『ヘンタイ』の部類に入っている。そんな合田の性癖を妄想している間に、採取は終わった。

「終わりました」

「……初めてだったから血が出たかも。先生、見てください」

この新人の甘えっぷりもどうにかならないものか？　わざとらしすぎる。計算？　それとも自分の思い過ごしだろうか？　そんな光景を見たせいで、何となく嫌な気分になった美月は、合田から受け取った検体の綿棒を手に検査棟へ急いだ。

病棟に戻ると、新人は感染を防ぐために、休憩室に閉じこもっていた。ナースステーションには合田ひとりが残っている。

「先生、診てくださってありがとうございました。でも、あまり新人を甘やかさないでいただけますか」

美月の好戦的な態度に驚いた合田は、ぎこちない笑顔を浮かべた。

「どうしたんですか？　ずいぶんと新人に厳しいじゃありませんか。もしかして、山川さんも僕に甘えたいんですか？」

「……っ！　そんなこと言ってないじゃないですか」

「僕は基本的に誰にでも優しく接します。特に看護師は医師を助けてくれる存在ですから、無条件で大切にしますよ。それがいけないことですか？」

仕事だから、当然優しく接するということなのだろう。それなら、薄暗いところで突然キスをしてきたり、みんなの前でからかったりしないで、自分にも普通に優しく接してほしいのに……と、美月は思った。

「先ほどは、検体採取中に井上さんが僕の腿を触ってきたので、止めさせるためにわざわざ山川さんに手伝ってもらったんですけど……。まぁ、あなたの言うとおり、新人にはもう少し厳しくしてもいいのかもしれません」

「……」

そんなことを新人看護師がしていたとは……。美月は驚いて何も言えなくなった。

「でも、彼女を教育するのは看護部の仕事です。医師には看護師を教育する義務はありません」

もっともな言い分なので、グウの音も出ない。美月はイラついていた自分が恥ずかしくなった。

「すみません、言い過ぎました。先生には関係のないことですよね」

　その時、笑みを張りつけていた合田の表情が少しだけ変化したように見えた。

「何か？」

「いえ。夜勤に新人と組まされた山川さんにも同情はしますよ。それにしても、旅行の時にも思ったんですが、あなたもずいぶんと大人になりましたね。以前はまともに男性と口もきけないほどに子どもっぽくておとなしかったのに……あ、インフルの検査伝票も印刷しておきましたから、明日外来におろしてください」

　昔から自分を知っているかのような合田の言葉を美月は不思議に思った。

「あのっ、以前って……」

「もういいでしょう。ちょっと忙しいので医局に戻りますね」

　結局、合田は話をはぐらかして、美月の問いに答えてはくれなかった。もしかして合田は、大学時代の自分を憶えているのではないのかと、美月はふと思った。いつかはっきりと聞いてみよう。いつか……。

　新人看護師は、心配していたとおりインフルエンザにかかっていた。病棟が忙しい中キッチリ五日間休むことになり、美月たちの仕事量はさらに増えたのだった。

　街がクリスマス一色になる十二月、美月はその日も病棟で夜勤をしていた。窓の外からは救急車のサイレンがひっきりなしに聞こえてきて、いつにも増して忙しい夜だった。今日の救急当番は外科系の医師だったっけ？　と考えながら、美月は病棟内を見回る。すると、同じく夜勤の看護師が急いで美月の元にやってきた。

「山川さん、施設から今日入院してきた梶原さんのオムツを変えたら血便があるみたいなんです」

「梶原さんはたしか嘔吐下痢で入院した……」

「はい。越智先生が、腸閉塞はないから明日にでも退院させようかって言っていたんですけど……」

「マズいわね……血便があるとすれば、腸炎の重症化が考えられるわ。梶原さんは、詳しい検査を受けていなかったっけ？」

「してないんですよ。越智先生に何度電話をしても出てくれなくて……どうしましょうか」

「当直の当番医に相談しましょう」

美月が当直に電話をすると、相手はツーコールで出た。

「合田です」

「あ……ゲッ」

「げっ？」

「すみません、外科病棟の山川です。嘔吐下痢で今日入院された患者さんの血便を発見しまして、主治医がつかまらないので、申し訳ありませんが診ていただけますか？」

「今は交通事故の患者の対応をしているから、一時間ほどあとになります。嘔吐下痢で血便なら、CTや便の検査は？」

「主治医が、指示をしていないんです」

「マジか……腹痛が強いようなら、すぐに山川さんが緊急で検体を出してください。あとでオーダー入力をしておきますから。それから、結果が重症の腸感染症なら感染対策も」

「了解です。ありがとうございます」

　患者の腹部の痛みは強いらしく、「痛い、痛い……」と、ずっと訴えていた。美月は合田の指示どおり、検査当直に急ぎで依頼をして結果を待った。

　三十分後、出た結果はプラス。患者は心配していたとおり、重症の腸感染症……つまり、偽膜性腸炎（ぎまくせいちょうえん）だった。

　すぐに、感染者専用の部屋に移し、マニュアルに沿って感染対策を行う。患者を寝かしつけてナースステーションに戻り時計を見ると、最初の電話から一時間は経っている。そろそろ救急での対応も終わっている頃だろうと、美月は合田に電話をした。

「先生、結果プラスでした」

「わかりました。すぐ行きます」

　その返事を聞いて、美月はホッと安心した。上司がいない夜勤帯にアクシデントが起こると、やはり緊張する。医師がそこにいるだけでも、看護師は安心できるのだ。それが優秀な医師なら、なお嬉しい。

　しばらくすると、合田がやってきた。そして偽膜性腸炎の患者を診察後、病棟に戻った合田は、時計を外すと時間をかけて丁寧に手を洗いはじめた。外科医流の本気の手洗いだ。その後、美月たちに抗生剤投与の指示をして電子カルテに入力を済ませると、いつもの棘を含んだ軽口も吐かず、疲れた足取りでナースステーションを出ていった。美月は合田の疲れた様子が気になった。

そう言えば、現在の外科病棟の入院患者のうち、合田が受け持つ患者の数は断トツで一位だ。食道や胃などの上部消化管が専門の合田だが、いろいろな救急専門病院で腕を磨いたおかげで守備範囲が広く、しかも腕がいい。だからどうしても多くの患者を抱えてしまうのだろう。おまけに、美月に限ったことではないが、困った時にいつも合田が対応してくれるというパターンが病棟で定着しているということは、いつも無理をして遅くまで残っているに違いない。前の病院にいる時から、ずっとこの調子で仕事をしてきたのだろうか？　今は若いからやっていけるが、このままだといつか過労で倒れるのではないだろうか。美月は合田の体調が心配になってきた。

「あれ？　これは……」

ペアで夜勤をしている看護師が声を上げた。

「山川さん、これ合田先生の時計ですよね？」

手にはシルバーのクロノグラフ。

「わぁスゴイ、ブランドものですよ。それもかなりお高そう……私、当直室まで持って行こうかな」

「まだそのへんにいるんじゃない？　走れば追いつけるかもよ」

　行く気満々の看護師を止める理由はない。美月は彼女が合田に時計を届けることを許した。

「じゃあ、行ってきます！」

　看護師が嬉しそうにナースステーションを出て行こうとしたその瞬間、彼女の患者のナースコールが鳴った。

「あ、呼ばれちゃった……」

　看護師は、残念そうに手にした時計を美月に託した。

「すみません。山川さん、預かってもらえますか？」

「ええ……」

　患者の元に行った看護師はなかなか帰ってこない。美月は合田のＰＨＳに連絡を入れることにした。いつもと同じ、ツーコール目に合田は出た。

「合田です」

「山川です。時計を病棟にお忘れです」

「ああ。今ちょうどそちらに戻るので、渡り廊下の自販機のあたりまで持って来てもらえると助かります」

「わかりました」

　結局美月が行かなくてはならなくなった。自販機のある場所のエレベーターが、医局に一番近いのだから、合田の提案は合理的だ。美月は渋々時計を手にナースステーションを出た。途中で患者対応をしている看護師を見つけ声をかける。

「自販機あたりまで、時計を届けに行くね」

「あ、は――い」

合田は自販機でコーヒーを買っていた。美月がそばに寄ると、疲れた顔にいつもの笑顔を見せた。

「悪いね、ありがとう。何か飲みますか？」

「あ……いいえ、いりません」

「まあ、そう言わずに」

遠慮する美月に合田は苦笑すると、さっさとミネラルウオーターのボタンを押した。

「はい」

ボトルを取り出し、美月に差し出す
「ありがとうございます」

ミネラルウオーターを受け取った美月は、時計を合田に渡す。

「先生、先ほどはありがとうございました。越智先生の代わりに診ていただいて、すごく助かりました」

合田は時計を左手首につけると、美月に視線を向けた。

「水でよかったですか？　大学時代はコーヒーを好んで飲む方じゃなかったなと……」

「カフェインはなるべく避けて……って、先生！　私のこと、やっぱり憶えていたんですか？」

合田同様、美月も疲れていたせいか、大事な発言を危うくスルーするところだった。相原の同期生発言を無視して、美月にも『はじめまして』と言ったくせに、今になって大学時代の話題を振ってくるなんて、どういうつもりだろうか。

「憶えていますよ。卒業直前にできた年下の彼氏とはどうなったんですか？」

「彼氏って……あれは違います。バイト仲間に告白されただけで、付き合ってなんかいません」

「えっ……本当に？」

「本当です。それにしても、そんなことまで、すごい記憶……」

美月は最後まで言わせてもらえなかった。合田に腕を取られ、グイッと引き寄せられたからだ。

「なっ……」

「シイッ。誰か来る」

コツコツコツ……低めのヒール音が廊下に響いた。こんな時間にここを通るのは医師くらいのものだ。ヒール音を響かせているのだから、形成外科あたりの若い女医かもしれない。自販機の側で話をしているところくらい、見られても問題ないのにと美月は思ったが、合田は何故か美月を離さない。

「先生、離し……」

美月は、いつの間にか自販機と壁の間の狭い場所に、合田に抱きしめられたまま押し込まれていた。心臓が喉から飛び出しそうなほど、鼓動が激しくなる。

「静かにして」

合田の手が美月の口を塞いだ。自販機の淡い照明が合田の顔を照らす。合田は今まで見たこともない表情をしていた。やがて顔が近づいて来て、美月の唇が柔らかく食まれる
もう何も考えられない。二度、三度……唇は何度も下りて来る。そのうちに美月の口から吐息が漏れた。

「はぁ……」

開いた唇の隙間から、合田の舌がするり……と侵入してきた。ドクドクと心臓の音が響く美月の耳に、遠ざかってゆくヒール音が微かに聞こえた。ミネラルウオーターのボトルがボスンと落ちて、廊下に転がる。

合田の舌は音を立てながら美月の口内を動き回る。奥の方に引っ込んでいた美月の舌は、合田のそれに絡め取られ、激しく吸い上げられる。美月の頭の中は真っ白になり、ただ全身が熱く燃えていた。甘い痺れが下半身に広がる。合田が腰をグイと押し当てたからだ。腰に当てられていた右手が、白衣のボタンをひとつ、ふたつと外してゆく。キャミソールの中に潜り込んだ右手が、窮屈なブラに包まれた美月の胸を撫でた。

「あっ」

　声を上げた唇は、お仕置きとばかりに強く吸われた。胸が揉みしだかれ、ブラから顔をのぞかせた乳首が大きな掌に捏ね回された。

「はぁっ……あぁ……」

　いつの間にズボンの中に入り込んでいたのか、もう片方の手がヒップを掴んだ。そのままショーツの間に滑りこんで、しっとりと潤う秘めやかな場所を探す。長い間、誰にも触れさせなかった身体を、今こんな場所で合田に委ねているなんて、信じられない……。そんなことが頭をよぎった途端、美月は現実に戻った。

　目を見開いた美月は、合田の整った顔を凝視する。こんなときなのに「意外に睫が長い」などと観察している自分に驚く。

　戸惑う美月の気配に気がついた合田が、閉じていた目を開いた。その瞳には、欲情が見てとれる。

「はっ、離して……ください」

「……嫌だ」

「こんなこと、もう、ダメですっ！」

　合田を突き飛ばした美月は、踵を返すと、暗い廊下を走って逃げた。合田のことがますますわからなくなって、美月は混乱していた。夜の外来での悪戯（いたずら）みたいなキスなら、まだ『事故』で済まされる。旅行での行為も、悪ふざけと思えば許される。でもこれは、もう事故とは言えない。

(私は弄ばれているということ？　どうして私にこんなことをするの？　先生は誰にでもこんなことをしているの？)

病棟のトイレに逃げ込んだ美月は、答えの出ない問いを繰り返していた。

それから数日の間、病棟にやってくる合田の様子はいつもと変わらなかったが、以前のように美月に絡むことはなかった。美月の方は、合田の姿を見かけるたびに心がざわついて、なかなか平常心を保つことができない。業務報告をする際にも、目を合わせられなかった。

そんな美月に、相原が能天気に言う。

「美月、どうしたの？　ずいぶんとおとなしくなっちゃって。この間まで合田先生とあれだけ派手に火花を散らしていたのが嘘みたいだよ。何かあった？」

「ううん、何もないよ」

「本当に？」

相原に言えるわけがない。合田と何度もキスをしてしまっただなんて……。

そんなある日。

十二月も終わりに近づいて、そろそろ正月の予定を立てようと、美月は院内グループ

ウェアの出勤予定表をチェックしていた。年に数回割り当てられる日当直も気になってい
たのだ。そして一月の日直表を見た美月は、ガックリとうなだれる。元旦の当直に自分の
名前が載っていたからだ。
「あーぁ……」
おまけに責任者が苦手な外来師長で、さらに医師が合田だったから最悪だ。奈落の底ま
で落ちた気分を何とか地下一階くらいまで持ち上げ、マウスをクリックするとアプリを閉
じた。
「美月、今夜の忘年会に行くんでしょ？　タクシーに乗って行かない？」
「私、歩くよ」
ロッカールームに行くと、相原がいた。
美月の返事に相原は目をぐるりと回した。
「美月ったら、身体鍛えるの好きだよね。筋フェチ？」
「相原、私は別に筋フェチじゃないよ。忘年会は二番町で七時からでしょ？　あと一時間
もあるんだから歩いても間に合うわよ。第一タクシー代がもったいない」
「誰がタクシー代を出すって言った？　同乗者に出してもらうのよ。もういいわ、ひとり
で歩いておいで」
「うん。そうする」
百六十五センチの美月と違って小柄な相原は、ビッグシルエットのモヘアセーターにミ

ニスカート姿で、まるでか弱いウサギのようだ。いったい今夜は誰に食べられようという目論見なのか。相原の女子力の高さには、毎度ながら感嘆の声しか出ない。

「相原、相変らず気合が入ってるね」

「トーゼン。今日気合を入れなくて、いつ入れるのよ。それにしても美月ったら、まるで映画に出て来るイギリスの少年みたいな恰好だね。女子力低すぎない？」

美月は俯くと、自分の服装に目を落とした。アンクルパンツとグレーのニットの上に羽織るのはバーバリーのステンカラーコート。とても飲み会に出席して、誰かにお持ち帰りされようとする女子には見えない。それでもいいわ、と思っていることは、相原には黙っておくことにした。

「たしかに、男の子の恰好だね……。ところで、ねえ相原、今夜のターゲットは誰？」

美月はサイドゴアブーツに足を入れながら尋ねた。今夜の忘年会には、医師や薬剤師、リハビリ技師など、若手の男性がたくさん出席する。女子力の高い相原はどんな男性を相手に選ぶか、よりどりみどりだろう。

「うふっ、合田センセイに決まってるじゃない。絶対クジで隣の席をゲットするんだ！私、本気だよ」

「えっ」

まさか相原が今さら、合田に照準を絞るとは思ってもいなかったので、美月は驚いた。合田が赴任してきた当時から、かなり頑張って誘いをかけていたが、院内旅行でも、相原の誘いはことごとく空振りに終わっていた。優しい割には心の内を見せない合田を攻めあぐねて、もうすっかり諦めていたのかと美月は思っていたのだが……。さすがと言うべきか、狙った魚のことは、なかなか諦めないらしい。

「じゃ、お先に～」

美月を置き去りにして、偽ウサギの相原は十センチのヒールの音を軽やかに立て、ロッカールームを出て行った。

そうか……今夜アイツは相原に食べられるのか……。そう思うと胸がチクチクと痛むのはきっと、学生時代の片恋の残骸がいまだに心に残っているせいだ。合田はただ同じ病院に勤務する医師で、好きでもない女にキスをするような男。本来自分とは相容れない。

（そうよ。何度も私にキスをしたり、ううん、それ以上のことをしても平然としていられる人だもの。私とは、恋愛に対する考え方が違うのよ）

合田が相原に食べられようが逆に食べてしまおうが、自分には関係ない。そう言い聞かせた美月は、モヤモヤした気持ちを振り切るように、ナイロン製のバックパックを勢いよく肩に掛け、ロッカールームを出た。

さすがに十二月の風は冷たく、耳がかじかむ。タートルネックを着ていても、ショートカットの美月の耳や頬は冷気に晒されてピンク色だ。

（マフラーを持って来ればよかったかな？　でも、きっと、歩いているうちに暖かくなるよね……）

そう心の中で呟く美月の横をタクシーがスーッと通り過ぎた。目の端で捉えたのは、合田の黒髪とそれに近すぎる位置にある相原の茶髪だった。

第四章　最悪のニックネーム

美月が卒業した大学は県内唯一の国立の医学部看護学科で、同じ建物内にある医学科の学生との交流が盛んだった。そして、同年の医学生の中に抜きん出て優秀な学生がいた。彼は優秀な上にルックスが非常に良く、おまけに優しいとかなり目立っていた。

それが、合田千成だった。

学生時代は、今よりさらに人づき合いが苦手で内気だった美月は、友人たちが「合田ウォッチャー」と自らを称して少女じみた憧れを語るのを横目に、その騒ぎには全くついていけないまま、顔を赤くして頷くのがやっとだった。しかし、そんな美月も、実は心の底では合田のことが気になって仕方がなかった。


そもそも、美月が合田の存在を気にするようになったのは、彼の外見や華やかな雰囲気に憧れていたからではない。初めて合田を見たのは、オリエンテーションの会場。

遅れて会場に入った美月は、空いている席を探しているうちに、とうとう最前列まで行ってしまった。やっと席を見つけて腰を掛けると、隣の男子学生が「あっ、そこ……」

と声を上げた。座ってはいけなかったのかと思い、美月が席を立つと、背後から深みのある男性の声がした。

「いいよ。そこ座ってて」

振り向くと、眼鏡をかけた背の高い男子学生が微笑みながら美月を見下ろしていた。

「あの、すみません。あなたの席でしたか？」

「いいんだ。あっちにひとつ席が空いているから」

彼はそう言うと、足元に置いていたリュックを持ち上げ、五つ先の席に移動した。まだ高校生っぽさを残した学生が多い中で、そのメガネの男子学生は、とても大人っぽく見えた。正直、外見と声だけで胸がときめいたことは事実だったけれども、学科も名前も知らない美月にしてみれば、話すのはこれきりの自分には縁のない人……という印象で終わるはずだった。

そんな状況に変化が起きたのは、図書館での再会がきっかけ。

元々内気な美月にはなかなか友達ができず、皆が談話室でのお喋りやカフェで時間を潰している間、学部内の図書館で、いつもひとりぼっちで時間を過ごしていた。図書館に通いつめるのは試験中の医学科の上級生が多く、看護科の書棚の付近は人が少ない。それが、賑やかな雰囲気が苦手の美月にはちょうどよくて、図書館での静かな時間を満喫していた。特に書棚の奥の、大きな柱の影のテーブルが大のお気に入りだった。

その日も美月がお気に入りの場所に向かうと、残念なことに先客がいる。それは、あのオリエンテーション会場で美月に席を譲ってくれた、ひときわ目立つ男子学生だった。空いているテーブルを探してキョロキョロする美月に気づいたのか、彼がふと頭を上げた。美月は邪魔をしたことを申し訳なく思い、会釈をして少し離れた場所に移動した。

それからも、図書館でその男子学生を見かけることがあり、お互いに会釈を返すということが何度か続いた。そして徐々に美月の中では、その男子学生は、『自分には縁のない人』から、『名前を知りたい人』そして、『憧れの人』へと変わっていったのだった。

やがて、美月にも友達ができて、大学での過ごし方にも慣れてきた。時間を上手にやり繰りできるようになってからは、バイトのシフトを増やしたこともあり、図書館で過ごすことが少なくなっていった。

久しぶりの医科と看護科の合同講義があった日。友達と連れだって会場に入った美月は、周りが騒がしくなっていることに気づく。何ごとかと振り向くと、華やかな一団がこちらに向かって歩いてきていた。

「美月、一番背が高いメガネの人！　あれが合田君だよ」

「合田、くん……」

「やだっ、美月知らないの？」

友達はそう言うと、『合田君』という有名人について説明をしはじめた。

美月の脇を通り過ぎ、最前列の真ん中に腰を掛けた男子学生は、美月が図書館でたびたび見かけて憧れていた学生だった。静かで落ち着いた雰囲気は変わらないが、派手な男女に囲まれている姿は、とても遠い存在に感じられた。

そして美月は、合田の動向を毎日追い掛ける「合田ウォッチャー」の仲間入りを果たし、いつも皆の陰に隠れて合田を見つめるようになる。今日は学食で見かけたとか、自販機でコーラを買っていたとか、オシャレなリュックを使っていたなどなど。たわいもない話題を、『今日の合田君報告会』と題して騒ぐ友人の側で、『そっかー、コーラが好きなんだね』とか、『リュック……同じなのを私も欲しいなぁ』などと、ひとりで嬉しがっていたのだった。

ただ、片想いの男性を目で追うだけの、地味なりに楽しい日々を過ごしていたある時、美月の友達のひとりが思いつめた顔で学食にやって来た。エリという名の看護学生だ。美月と同じ「合田ウォッチャー」だったが、最近スノボのサークルに入ったので、医学科の学生たちとの交流の方が楽しいらしく、共に行動することが少なくなっていた。

「エリ、久しぶり。一緒に食べる？」

美月が声をかけると、気もそぞろにエリは頷いた。席についてからも、トレーの上の味噌ラーメンには手もつけず、チラチラと入り口ばかりを見ている。

「ラーメン伸びちゃうよ」

グループのリーダー的存在のミサが声をかけた。

「うん……」

　皆が心配そうにエリを見ていたその時、合田が男子学生とふたりで学食に入ってきた。食券を購入してコーヒーとサンドイッチを手に美月たちの近くに腰をかける。

「珍しいね。今日は女の子がついて来てないよ」

　ミサの言葉に皆が、そうだね〜と頷く。すると、エリが落ち着かない表情で口を開いた。

「ねえ、私、合田君に告白しようと思うんだ」

「え？」

　同席していた全員が驚きのあまりに言葉を失っている中で、ミサがエリを止めにかかる。

「やめなよ」

「どうして？　だって先週カフェでコクってる子を見たけど、メチャクチャ可愛いって感じじゃなかったよ、自分で言うのもナンだけど、私の方が全然イケてるって思ったもん。それに彼女いないって聞いたし……。いつもの取り巻きがひとりもいないって、こんなチャンス二度とないから！」

「エリはカワイイと思うけど、合田君はエリが付き合う相手としては向いてないんじゃない？　あくまでも鑑賞してドキドキするのがいいと思うよ。それに、どうせ断られるからやめときなよ」

　グループの中で、一番冷静なミサが、現実的な意見でエリを止めた。しかし、スイッチの入ってしまったエリの耳には、もはや仲間の意見が届かない。ラーメンにひと口も箸をつけずに、合田めがけて突進していった。

「合田君、あの……話があるんだけど」

突然現れたエリに驚きもせず、合田は気怠げに顔を上げた。

「はい。えっと……君は？」

「わ、私っ、看護科の立花エリって言います」

「そう、エリちゃんね……ここは騒がしいから、ちょっと窓際の席に移ろうか？」

学食にいた学生たちが、何ごとかとふたりに注目する。

合田の周りに集まる美女たちが普通に備える、媚びもテクニックもまるで持たない友達の愚行を、美月たちは息を潜めて見つめていた。合田は何と言うのだろう？　どんな態度を取るんだろう？　まさかＯＫする⁉　などと……ドキドキだった。

顔を真っ赤にした友達を、合田は優しい態度で隅のテーブルに促して話をはじめたので、美月たちには会話が聞こえなくなった
しばらくして、エリが戻ってきた。浮かない表情で黙りこくり、すっかり伸びてしまったラーメンを見つめている。

「ねぇ、どうだった？」

「合田君、何て言ったの？」

結果を知りたがる仲間の問いに、エリは言葉少なに返す。

「ダメだった。なんだか、思っていたような人じゃなかったかも」

　そう答えたきり、貝のように口を閉じてしまった。

　その後も皆は、ことの顚末を知りたがったが、エリはなかなか白状しなかった。数日後、講義の合間のおやつタイムに、恒例の『今日の合田君報告会』をミサがはじめると、エリが急に怒り出した。

「私が振られたっていうのに、無神経だよ」

「忠告を聞かなかったのはエリだよ。私たちは合田君をアイドルだと思って、ただ一方的に見て楽しんでいるだけなんだから、別にいいじゃない」

「アイドルなんて……そんなカワイイ人じゃないよ。ひどい遊び人なんだから！　皆告白とかしたらダメだよ、ショック受けるから」

「えーっ、エリ何て言われたの？」

「コクったあとニッコリ笑うから、ＯＫくれるのかと期待したのに……『僕は君のことを何も知らないから、いきなり彼女にっていうのは無理だよ。それに今のところ、セフレしかいらないんだ。そういう意味でも君は僕の好みじゃないし、ごめんね』……って、そう言ったのよ！　最低だよ」

「せ、セフレ……⁉」

　あからさまな合田の言葉に、グループ全員がドン引きした。告白して玉砕したエリにしてみれば、この話をすることで、皆の気持ちを合田から引き離す目的もあったのかもしれない。自分が失敗したのに、仲間の中で成功者が出たりしたら我慢できないと思ったのだろう。

「生々しいなぁ。私、かなりショックなんだけど」

ミサが呟くと、皆も口々に合田を責めた。

「好みじゃないって言うのも、何気にキツイね」

「じゃあさ、いつも周りにいる女子たちって、その……セフレなわけ？」

「うわっ、最低！」

合田に群がっている女子学生たちは、医学科と看護科のいわゆる『遊んでいそう』な美女だった。彼女たちは合田にとって、そういうオトモダチだったのだろうか？　黙りこくる美月に、ミサが言う。

「美月、合田君ってば、最低だよね」

「う、うん……私ちょっとビックリして……」

「かわいそー、美月が一番ショックを受けてるよ」

普段の合田は、穏やかで物静かな印象なだけに、エリが話す合田像とのギャップは美月にとってショックが大きすぎた。

しかし、エリが嘘をついたとは思えない美月は、合田と自分たちは、まるで違う世界を生きていることを思い知った。

それは美月の少女っぽい夢が、打ち砕かれた瞬間だった。

「美月、胸また大きくなった気がする」

ある日、ランチの時間に学食で手作り弁当を食べていた美月は、エリの言葉に箸が止まった。その日は休日に買った新しいニットがあまりに可愛かったので、我慢ができず身につけてきた。このニットのせいだろうかと、美月は不安になる
「本当？　ニットだと目立つのかな。どうしよう」

「いいじゃん、羨ましいよ。そのニット素敵だね、どこの？」

美月がショップ名を教えると、エリは早速スマホで検索する。

「へーいいね。高くないのにちゃんとしてて、可愛い服がいっぱいある」

「うん。行ってよかった。おススメだよ」

「あっ、お客様スナップってあるんだ……同じニット着てる人いるよ。あ、あれ？　もしかして、これ美月じゃない？」

「あ……」

ニットを買ったときに、店員からショップのブログにどうしても写真を載せたいと言われ、断り切れず、顔がわからないようにすることを条件に美月は承諾したのだ。それは、そのときのスナップ写真だった。

「どうしてわかったの？　顔がわからないように写してもらったのに」

「わかるよー。髪型や体型で丸わかりだよ。でも美月がこのショップを教えてくれなかっ

たら美月とは結びつかなかったかもね。すごいね、こういうのってよほど素敵じゃないと載せないでしょ？」

「そんなことないよ。ね、恥ずかしいから誰にも言わないでね」

「え？　もったいない。私なら自慢しちゃうかも。このスカートもその店で買ったの？　可愛いねー」

「う、うん。ね、ナイショにしてよ」

「わかった、わかった」

美月たちが弁当を食べ終えて学食を出ようとすると、見覚えのない男子学生ふたりがいきなり話しかけてきた。

「ねー、君たち看護科？　何年生？」

「あっ、あの二年です」

「じゃあ同期だね。僕ら医学科の写真サークルなんだけど、今週の土曜に撮影会&コンパを予定してるんだ。よかったら参加しない？」

「え……どうしよう、美月ぃ」

男子が寄ってきた時点で、美月は固まっている。男子学生の相手をしているのはエリだ。さっきから、彼らの視線が自分の胸に集中している気がして美月は落ち着かない。中学生の頃から急に育った胸をネタにされて、散々嫌な思いをしてきた。クラスで一番最初にブラを着けたせいで、男子から囃し立てられたり、あろうことか、いきなり触られたこともある。そのトラウマがいまだに消えないのだ。

『気のせいかなあ？　でも、やっぱり、こんな服を着てくるんじゃなかった』

浮かれて身体にぴったりしたニットなんて着てきたから、こんなことになってしまった。美月の気持ちは、どんどん沈んでいく。

「スタイルいいよね。君、名前は？　撮影会で、モデルになってくれないかなぁ？」

ふたりの医学生は、ほとんど美月を取り囲むような形になっていた。蚊帳の外に置かれたエリは顔を真っ赤にして立っている。反対に美月はどんどん青ざめていった。

「行きません。土曜はバイトが……あるので」

「じゃあ、いつなら参加できるの？」

断る声まで震えてきて、もう美月には逃げられる気がしなかった。頼みのエリは、なんだか怒った顔で美月を睨んでいる。

「いつ、って……」

そもそも行く気はないのだ。それをわかってほしくて美月は焦った。

「あの……いつになっても行きません」

だんだん距離を縮められて、美月はどうしていいかわからない。本当にパニックに陥りそうになった。

その時……低い声が学食に響く。

「そこのカメラ小僧、ちょっと」

いつから学食にいたのか、綺麗な女の子ふたりを従えた合田がこちらを見て手招いている。美月に迫っていたふたりは、『やばっ』と呟いて合田の元に走った。美月がホッとしていると、合田と男子学生の会話が耳に入ってきた。

「モデルがいないから助けてって泣きついてきたのは誰だっけ？　このふたりを調達した僕の立場は？」

「ごっ、ごめん。違うんだよ、合田、誤解だって。助かったよ、ありがとう」

「ありがとう、じゃないよ。看護科の女の子を半泣きにさせて、何やってんの？」

なんだかよくわからないが、美月は難を逃れたようだった。周りを見渡すと、エリはとっくに姿を消している。美月を見捨てて出て行ったらしい。また話しかけられたら嫌だったので、美月は助けてくれた合田に礼を言わず、逃げるようにして学食を離れた。

その後、美月は何となくエリとは疎遠になった。裏で美月の陰口を言っていると、別の友達から聞き、彼女を信じていただけに深く傷ついた。エリの言うことを、友人たちが誰ひとり信じていなかったことだけは救いだったが……。

せっかくおしゃれが楽しいと思いはじめていたのに、美月はそのことをきっかけに、あまり男性の目を引かないよう、女っぽさを強調しない、ユニセックスな洋服ばかりを選ぶようになった。

そして、三年生になる頃には、ナンパされても「カフェイン制限をしているので……」

とか、「コンパなんて、恥ずかしくて無理です」など、美月もひとりでナンパを断ることができるようになってもいた。そもそもバイトが忙しくて、遊んでいる暇などなかったのだけれど。

美月は父を早くに亡くしたので、母親の負担を少しでも軽くするためにと、高校生の時から自宅近くのバーガーチェーンでバイトをしていた。大学入学後もさらにシフトを増やして続けており、バイトのある日は、講義が終わったら急いで帰宅した。だから、たまに知らない学生から飲み会に誘われることがあっても、必ず断っていたのだ。でも、誘う側としては断られると却って闘争心を煽られるらしく、美月を誘ってＯＫをもらうことを賭けのネタにする学生もいたということを、あとになってから知った。

三年生になった頃、美月はバーガーチェーンの他に、自宅近くの居酒屋のバイトを土曜の夜だけ入れるようになる。一緒に働くバイトの男子に、工藤という大学生がいて、同じ大学の一学年下だとわかってから気安く会話するようになった。工藤は明るくて機転が利くので仕事でも助かっていたし、美月に懐いていろいろと話しかけてくる。兄弟のいない美月にとっては、弟のような存在だった。

「山川さんはバイトのない時は何してるの？」

「バイトのないとき？　勉強に決まっているでしょうが。講義が終わったら図書館で調べものしたり、いろいろ忙しいんだよ」

「そうなんだ。医学部の図書館って大きい？」

「うーん、どうだろ。医学科の書籍の数は膨大だけど、看護科はそれほどでもないかな。でも看護科の書籍のあたりは利用者が少ないから寛げるよ」

「なんだ、結局勉強じゃなくて寛いでるんじゃゃん」

「いや、言葉の綾だし」

工藤が、そんな風にして自分のことを知りたがることにも、美月は警戒心を全く持っていなかった。

ある日、美月は工藤から耳を疑うような話を聞いた。大学で美月の噂を耳にしたというのだ。

「えっ、経済学部で？　何で？　変な噂なら嫌だなぁ……ねえ、どんな噂？」

申し訳なさそうな表情で、工藤は美月を見ている。

「何よ、教えてよ」

「うん……あのさ、山川さんって、コンパに誘われてもOKしないって本当？」

「忙しすぎて遊ぶ暇ないし、第一飲み会で知らない人と何を話したらいいか、わからないもの」

「そっか、それであんなニックネームがついたんだね」

「ニックネーム？」

美月は首を傾げた。何だニックネームくらいなら、気にすることはない。そう思ったのだ。しかし工藤の次の言葉に、美月は啞然とした。

「それが、ちょっと言いにくいんだけど……『難攻不落のEカップ』だって」

エプロンの裾を握りモジモジする工藤を見ながら、美月は言葉に漢字を当てはめる。

「なんこうふらく？　あぁ難攻不落ね。ん？　いいこっぷって、何？」

「違うよ。アルファベットのE、Eカップだよ」

「え？　何？　それって……」

「うん。その……バストのサイズだよね」

ショックだった。難攻不落も意味不明だが、誰が勝手に自分の胸のサイズをEカップだと断定したのだろう。そんなことが大学内で噂の種になっているなんて。美月のショックは大きかった。

「ごめん……言わなきゃよかったよね。本当にごめん。僕はそんな噂、全然気にしてないから」

全然慰めになっていない気がしたが、美月は「ありがとう」と頷いた。翌日美月は、胸を小さく見せるブラを買いに走った。そして、ますます男性との接触を避けるようになったのだった。

看護科の学生は三年生になると、看護の臨地実習を受けることになっている。臨地実習とは、大学付属病院での実地研修のことだ。看護科は三年生からだが、医学科の臨床研修は五年生から始まる。つまり、看護科の学生にとっては年上の医学生と知り合うきっかけができるということ。年上の彼らは女子あしらいもこなれていて、こちらが困るようなことはしない。美月も顔見知りになった臨床研修生に声をかけられることはあったが、嫌な気分になることはなかったので、実習中は安心していられた。

そんなある日、大学病院のコーヒーショップで友達の相原と列に並んでいると、美月たちを指差してヒソヒソ話をする男子学生たちがいた。ニヤニヤ笑いが何となく気持ち悪い。その中のひとりが声をかけてきた。

「もしかして、あの山川美月さん？」

「違います！」

プッと吹き出した相原を睨んで、美月はきっぱりと否定した。

「え、山川さんでしょ？　ひどいなー。ねぇ、奢るから、ちょっと付き合ってよ」

連れの相原が笑ったので、これはイケると勘違いしたのか、男子学生は図に乗ってさらにお茶に誘ってくる。

「ほら、言ったじゃない！　美月は有名なんだよ！」

他人事だと思って、面白がっている相原を引っ張って美月は列を離れた。

「美月ぃ、どうしたの？」

「相原ったら、やめてよ。私はナンパが死ぬほど嫌なのに……もう」

「いいじゃん。この際だから奢ってもらおうよぉ」

隅でヒソヒソ話をする美月たちに、声をかけた男子学生が近寄ってきた。

「そんな所でナイショ話なんかしないで、ふたりともお茶しようよ」

(やだっ、知りもしない人から奢ってほしくないし)

美月はただドリンクを買いたいだけなのに、ニヤニヤ笑いの学生が不快で、カウンターに近寄れない。なんだかこの状態が、ものすごく悲しくなってきた。

(これ絶対あのニックネームのせいだと思う！　もう、嫌だーっ)

「相原が吹いたりするから……どうにかしてよ」

悲しまぎれに、相原につい強く当たってしまう。相原とは実習で同じグループになってから仲良くなった。明るい性格で要領も良く、美月とは正反対のタイプなのに、なぜかウマが合った。美月にとっては、数少ない心許せる貴重な存在だ。美月に叱られて相原はペロッと舌を出した。

「ごめーん」

美月が本気で嫌がっていることが分った相原は、いつもとはガラッと違う低いトーンで側にやって来た男性学生に話しかけた。

「えっと……彼女が違うって言ってるんだから、察しなさいよ。あなたは何期生？　医学科だよね？」

いつもは蕩けそうな笑顔で男性を虜にする相原だが、いったん拒絶すると決めると、とにかくコワイ。

「え、はっ、はい。二期生です」

「シツコく誘ったりしてさぁ看護科のお姉さんたちを敵に回すと、研修医になった時に困るわよ。そこんとこ頭いいから理解できるよね。ちなみに女の子を誘うんなら、まずどこの誰か名乗りなさい。これ基本ね」

「えっ……」

　相原の迫力に男子学生がビビっている間に、カウンターからお呼びがかかった。

「次でお待ちのお客様、どうぞ」

「あっ、はいっ」

　順番が来たので、医学生を叱るのに忙しい相原の代わりに美月はさっさとカウンターに向かった。ふたり分の注文を終えて会計を待っていると、隣から男性の笑い声が聞こえる。

　美月が反射的に顔を向けると、合田がこちらを見て笑っていた。合田のうしろには研修で先日も一緒だった臨床研修生の先輩がいた。途端に赤面した美月は彼らを避けるようにお金を払い、ドリンク待ちのカウンターへ移動した。合田を見ると相変らず美月の心臓は騒ぎ出す。

　同じく支払いが終わったのか、合田たちがやって来た。先輩が美月に声をかける。

「助け舟を出そうと思っていたけど、相原さんヤルね」

　そこに相原が男子学生を撃退して、意気揚々と美月の元に戻ってきた。先輩と合田を見ると途端に声色と表情を変える。

「やだー、見てたんですかぁ。先に助けてくれれば、本性を知られずに済んだのにぃ」

悪びれない相原はさすがだ。

「ね、一緒に座らない？」

先輩の誘いに、相原が即答する。

「はい。喜んで」

二年生たちにすれば『トンビに油揚げをさらわれた』状態だろうか。美味しいとこ取りは合田たちの得意技かもしれない。合田と一緒にお茶をするなど、美月は緊張するから嫌なのだが、相原がさっさとＯＫしたから仕方がない。腰を掛けると早速先輩が茶化す。

「それにしても相原さんカッコ良すぎ、『誘うんなら、まず名乗りなさい。これ基本ね』って、俺聞きながら思わず直立不動になったよ」

相原がおかしそうに笑っていると、合田がプッと吹いた。

「僕は山川さんの『違います』が受けたよ。二年生の顔さえ見ずに〜の、ガン無視」

それは、男性が苦手だから顔を見ないだけで、ガン無視とは少し違うのだが、美月は合田が側にいることに緊張して、うまく言い訳ができない。それにしても、こんなに近くで合田の笑顔を見て、合田の話を聞くことができるなんて、夢のようだ。この思い出だけで、しばらく生きていけるかもしれない……などと、みんなの会話も上の空で大袈裟なことを考えていた。

「そういえば、今年もウチのサークルでスノボに行くんだけど、ふたりも参加しない？」

「します！」

　即答の相原にプレッシャーを感じつつ、美月はフルフルと首を振った。

「残念ですけどバイトが休めなくて、行けなくてごめんなさい。今回も私は遠慮しておきます」

「相原さん了解。山川さんは、やっぱり無理？」

「はい、すみません……」

「美月は勉強とバイトでいつも忙しいんです。こうやって私と遊んでいる時間は、かなり貴重なんですよ、いつも」

　美月の代わりに相原が説明をする。それにしても話すのは先輩ばかり。合田は会話に参加せず、ふと気づくと美月のことをじっと見ていた。美月はどうしていいかわからずに、次第に俯き加減になっていく。

「そうなの？　山川さん偉いね。今回も諦めるかぁ。じゃあさ、一度だけでいいから、卒業までに僕らの飲み会に参加してくれる？」

「はい、いつか……きっと卒業の直前には参加できると思います」

「じゃあ、追いコンだね。楽しみにしているよ」

　先輩の誘いは正直気が重かった。そもそも、先輩のサークルには合田がいる。セフレ云々の合田の噂を本当に信じているわけではないが、彼らのグループは美月にはいろいろな意味で大人すぎて腰が引けた。正直なところ、どう接していいかわからず怖かったのだ。

ましてや、コンパに参加して、憧れの合田が女性たちとふざけ合う姿など見たくなかったし、美月自身、他の学生たちと、上手に会話をする自信などなかった。

臆病な美月にとって合田の存在は、あくまでも甘くて苦い片恋の思い出として、大切に心の片隅にしまわれていく予定だったのだ。


美月は四年生の夏までは、居酒屋とファーストフードの店のバイトを続けたが、その後は看護師国家試験のために、バイトはきっぱり辞めることにしていた。

バイトの最終日、ロッカールームで、美月は工藤に辞めることを告げた。

「あのさ、今日でバイト辞めるんだ。いろいろお世話になりました」

突然の言葉に、工藤は絶句する。

「えっ、店を辞めるんですか？　ウソ……」

「うん。ここからが看護学生の正念場だからね。本業を頑張るんだ」

「寂しいです。山川さんが辞めるんなら、僕も辞めようかな……」

「えっ、そんな…何言ってるの」

「メールアドレス教えてもらっていいですか？　バイトを辞めても連絡とかしたいし」

ただの気安いバイト仲間のはずの工藤が、美月がバイトを辞めることにショックを受けているのが不思議だった。メールの交換をしたいと言われ、断る理由も見当たらないので携帯のメアドを教えた。

「家も近所だし、今度は客として母親と来るよ」

「きっとですよ。あの、山川さん……」

「何?」

「こんど、医学部に遊びに行ってもいいですか?」

「あ、うん。いいけど……」

何の用事で来るのだろう。自分もずいぶんと懐かれたものだと、美月は面映ゆかった。

そんな会話も忘れかけていたある日の午後、美月はひとりで図書館にいた。お気に入りの場所が空いていたので、じっくり勉強をしようと思っていたのだ。

静かな午後だった。参考書に集中していた美月は、そばにやって来た人物に気がつかなかった。

「山川さん」

「はっ、はいっ」

急に声をかけられたので、驚いて大きな声を出してしまった。見上げると、すぐそばに工藤が立っている。

「ビックリした……どうしたの?」

「いえ、あの……遊びに行くってこの間言ったでしょ」

「うん……だけど、よくここにいるってわかったね」

「メールしても返事してくれないし……図書館でよく勉強しているって言ってたから、会えるかなと思って」

「あ、ごめん……」

忙しくて返信しそこねていたことを、美月は工藤に謝った。ふと周りを見ると、迷惑そうな視線が投げかけられる。図書館での私語は禁物なので、美月は工藤を外に誘った。

「ちょっと、出ようか。コーヒーでも飲む？」

ロビーに出た美月は、自販機でミネラルウオーターを買って、工藤にはコーヒーを買って渡した。年上だから、以前からたまに買ってあげていたのだ。ミネラルウオーターの蓋が固いので、なかなか開けられないでいる美月を、工藤がジッと見つめている。

「山川さん、この間はバイト中だったから、ちゃんと言えなかったんだけど」

「ん、何？」

「あの……僕と付き合ってもらえませんか？」

「ええっ⁉」

ペットボトルを傾けていた手が止まった。美月はその姿勢のまま、工藤を見る。自販機の前で、お互い見つめあったまま数秒が経った……。と、そこに聞き覚えのある声がかかった。

「悪いけど、退いてくれる？　コーラを買いたいんだけど」

美月が声の主を見上げると、そこには合田が立っていた。

「あっ、すみません」

一瞬にして美月は真っ赤になり、さっと退いた。合田はコーラを買ってそばのベンチに腰を掛けた。参考書を持っているので、もしかしたら今まで図書館にいたのかもしれない。どの辺にいたのだろうか？　そう考えたところで、美月は工藤の存在を思い出した。

「あの……さ、こんなところじゃなんだから、コーヒーショップに行こうか？　とは言っても、私はコーヒー飲めないけどね、あは」

美月はしどろもどろになりながら、慌てて工藤を引っ張って合田から離れた。こんな場面を見られるなんて、恥ずかしい。それに、工藤が自分の彼氏になるなどと誤解されたりしたら……と思うと、気が気ではなかった。

コーヒーショップに落ち着いて、二杯目のコーヒーを飲む工藤に、美月は頭を下げた。

「そんな風に思ってくれていたなんて、思いもよらなくて……ごめんなさい。あの……でも、せっかくだけど工藤君の気持ちには応えられないの」

「どうして？　山川さんは誰の誘いにも乗らないって聞いていたのに、僕とは普通に話してくれるから、特別なんだと思ってたよ」

「それは……ごめんなさい。家が近所で年下だから、君のことは何となく弟みたいに感じていたの」

「弟？　そんな……」

美月の言葉は結局、工藤を傷つけてしまった。どんなに言葉を選んだところで、気持ちが相手に向いていない場合、何を言っても無駄なのだ。遊び半分で誘ってくる男性のことは、バッサリ切って何の罪悪感も感じなかった美月も、今回はさすがに落ち込んだ。工藤を弟みたいに思っていたことは本当で、気安く話すことができる唯一の男性の友人を、結局傷つけてしまったのだから。

卒業を翌週に控えた金曜日の夜、美月は相原と一緒に、追い出しコンパの会場にいた。四年間の学生時代はずっと、美月はなんだかんだと理由をつけては飲み会の誘いを断り続けていたが、さすがに今回は出席せざるを得なかった。卒業間近になってからの飲み会デビューはなんだか落ち着かない。

今夜は、買ってから結局一度も身に着けていなかったミニのフレアースカートを着てきた。トップスは、揃いで買ったあのリブニットだ。胸が強調されて見えるのでどうしようかと思ったけれど、大学最後の飲み会なんだから、少しぐらい派手でもいいだろうと、思い切って身につけることにした。やはり開放的な気分になっていたのだ。

会場は、最近女子に人気だというダイニングバー。ワインやカクテルが女性好みで、オーガニックの食材が使われている割にはリーズナブルで美味しいと評判の店だ。追いコンだけに、卒業するサークルメンバーが上座に座っているのだが、ゲストである美月たちも卒業生だからと上座に座らされ、なんだか居心地が悪い。それでも料理は美味しかったので、相原とのんびり食べていると、先輩がやって来てお酒を勧められた。相原はすぐにビールを注文したが、美月は何にしたらいいかわからず悩んでしまう。

「じゃあさ、白ワインにしておけば？」

先輩の言葉に頷くと、すぐにお酒が運ばれて来た。

「先輩、今日合田君は来ないんですか？」

いろいろな素敵男子に目移りしている相原も、やはり合田派なのだ。先輩はクスッと笑って相原を見た。

「相原さんも合田に憧れているんだね。アイツはよその飲み会に行っていると思うけど、呼んであげようか？」

「わっ！　本当ですか？」

「うん。いいよ」

よくない、よくない。相原の隣で、美月は口をパクパクさせていた。本当はひと目会いたいくせに、姿を見た時のことを想像するだけで激しく緊張してしまう。しかも先日工藤との微妙な場面を見られているだけに、気まずい。合田がそんなことは気にも留めていないことはわかっているのに……。

しかし結局、飲み会の後半になっても合田はやって来なかった。もう来ないのだろうと美月は思い、相原も諦めかけていた。せっかくだから料理を楽しもうと、美月は普段はあまり食べることのない生ハムのサラダやアヒージョなど、珍しい料理を平らげていく。飲み慣れないワインも、料理と合わせれば結構美味しい。

「相原、アヒージョって美味しいね。フランスパンが足りないわ」

「美月ってばガッツリ食べるねぇ、そういうトコ好きだわ。それに嫌がってたお酒も結構飲めるじゃん」

「うん、今日は特別。でもアルコールは敵だよ。母にはいつもお酒に呑まれるな……って言われるもん」

「何を言ってんだか。美月はお堅いなぁ。たまにはアルコールでハメ外さなくて、どうすんの⁉　私たちまだ若いんだよ」

「う、うん」

　相原にけしかけられて、美月はグラスに残っていたワインをグイと飲み干した。喉の下がカーッと熱くなってちょっといい気分になる。相原がビールを美味しそうに飲んでいるのを見て、美月も試してみたくなった。

「相原、次はビールを飲んでみたい」

「よっしゃ。すみませーん、生中ふたつお願いします」

　普段はかわい子ぶってはいるが、相原も何気に男前だ。他の女の子はカクテルを頼んだりしているのに、最初からビールだし、追いコンの今夜はトコトン飲むつもりらしい。

　ワインとビールでかなり酔った美月は、トイレに行くついでに母親に迎えを頼もうとテーブルを離れた。

　トイレから出て、店の廊下で携帯を取り出し、母親の番号を呼び出そうとしていると、入り口のドアが開いて冷たい風が入ってくる。

「いらっしゃいませ――」

店員の声に顔を上げると、店の入り口に立っていたのは合田だった。そして、驚いた顔の美月のもとにツカツカとやってくる。

「山川さん、結局参加したんだね」

親し気に声をかけられたことに美月は戸惑う。

「はい。最後なので思い切って参加しました。あの……」

美月が言い終わらないうちに、手にしている携帯を見た合田が、顔をしかめた。

「彼氏に電話？　いつの間にあんな奴と仲良くなったの？」

よく見ると、合田はかなり酔っているようだった。顔色は変わらないが、目がトロンとしている。いつもの涼やかな感じが消えて、妙に艶っぽい。話しかけられるのは嬉しいけれど、今までほとんど会話をかわしたこともない自分に気安く話しかける合田を、美月は少しだけ怖いと感じた。そんな美月の怯えを感じ取っていないのか、合田がますます距離を縮めてきた。

「あんなガキのどこがいいの？」

「が、ガキって……一歳しか違わないのに、失礼です……よ」

「やっぱり年下なんだ」

「そうです。でも誤解し……！」

付き合っているわけではないと、途中まで言いかけた美月の唇に、酒臭い顔を近づけてきた合田が自分のそれを重ねた。

(えっ⁉)

一瞬の出来事だった。唇がフワッと触れただけのキスだった。それでも初めてのことに混乱した美月は、条件反射で思いっ切り合田を突き飛ばす。酔っていた合田は、抵抗する間もなく、ふらふらと壁に身を預けた。

「山川さん……」

「いやっ！」

美月は、まだ何か言おうとしている合田を置き去りにしてテーブルに戻ると、主催者の先輩に声をかけて帰ろうとバッグを手にした。

「相原、私帰る。先輩はどこ？」

「えーっ、帰るの？　先輩は、さっきまであの辺に……あ、合田君だ！」

ふらついた足取りで合田が会場に入ってきた。

「どうした、アイツかなり酔ってるな」

「キャー！　合田君が来たーっ」

合田が現れたことで、会場が急に盛り上がりを見せる。相原が合田を囲んでいる輪に入ろうと席を立ったので、美月はそのタイミングを逃さず店員からコートを受け取り、出口に向かった。

(これ以上、ここにいたくない)

合田と話ができたことは嬉しいはずなのに、いきなりキスをされて、ただ驚いていた。酔った人間にそんなことをされて、自分が喜ぶと思われたのだと思うと、よけいにそれが悲しかった

店を出て近くのコンビニに飛び込み、コンビニの隅で母親に電話をかけた。

「お母さん、迎えに来て！」

「あら、もう終わったの？　……美月、どうしたの？　泣いているの？」

「ううん。泣いてないよ」

「どこにいるの？」

「あのね……コンビニの……」

こうして、美月の大学生活と長い片思いは終わりを告げた。その後、合田に会うことは一度もなかったが、あの初めてのキスを思い出すたびに、美月の胸はチクチクと痛んだ。

月日が過ぎて、大学時代の全ての思い出は懐かしいセピア色に変わっていったが、合田だけはいつまでも二十二歳のままの姿で、美月の胸に鮮やかに残っていた。

十年後、勤務する病院で再会するまでは……。

第五章　忘年会でまさかのお持ち帰り

凍てつく街を忘年会場へと歩きながら、美月は合田のことを考えていた。そういえば、初めてのキスは大学の追いコンで、酔った合田に奪われたのだった。それ以来、久しぶりのキスも夜の外来で合田が相手。どうして自分はこうも合田に弱いのだろう。彼を打ち負かしたと思えたことなど、院内旅行での賭け以外には、何ひとつ思い浮かばない。その賭けの報酬だって相原のリクエストで『お姫様抱っこ』になってしまい、ずいぶんと恥ずかしい思いをした。おまけに足の指を舐められるという、ヘンタイチックなオマケつき。合田にしたい放題のことをされて、美月は全く勝った気がしない。あんな報酬なら、受け取らなくてもよかったのに……などと、過去の苦い出来事を思い出しているうちに、忘年会の会場に着いた。

病院から歩いて二十分ほどの距離にある、県内随一の繁華街。なかでも最近評判の日本料理店、そこが忘年会の会場だ。今夜の出席者は美月が勤務する外科病棟の看護師及び関係するスタッフの総勢三十人。男女比は一対五といういびつなバランスだ。

大き目の個室に案内された美月は、ブーツを脱いで部屋に入った。すでに、ほとんどが席に着いている。

　くじを引いて示された席につく。隅の席だったので安心しながらも、隣が空席なのがやけに気になる。辺りを見渡したが、相原はまだ来ていないようだ。時間をつぶすためにとか言って、タクシーに相乗りのメンバーとコーヒーショップにでもいるのだろう。

　幹事に会費を払い気が緩んだ美月は、昨日朝までの連続夜勤の疲れと会場の温かさも手伝って、不覚にも座ったまま�ついウトウトしてしまった。

「……では病棟師長から挨拶を……」

　幹事の朗々と響く声で、身体がびくっと反応し一気に覚醒した。

　目をぱちくりさせて目の前の光景を確認した美月は、その時自分の肩にかけられた上質なジャケットに気がついた。

　その動きに隣の人物が反応する。

「ようやく起きましたね、大丈夫ですか？」

　深みのある声の持ち主は美月の天敵だ。顔を上げると、高い位置から美月を見下ろす合田と目が合った。

「すっ、すみません、ありがとうございました」

　慌てて上着を持ち主に返した美月は、合田の隣の席を獲得すると宣言していた相原を探した。美月たちからふたつ離れたテーブルに相原はいた。師長の話を聞くふりをしながら、こちらにチラチラと視線を向ける彼女の表情は、若干険悪だ。

（相原の代わりに合田先生の隣の席になってしまった。とんだ大当たりだわ）

内心でぼやきながら、美月は居ずまいを正した。それで居眠りの失態を帳消しにできるわけはないけれど、せめてあとから、合田からの口撃を避けるためでもある。

「驚きましたよ、いつもキリッとしている山川さんが、隅っこで丸くなって寝ているなんて」

「丸くなんて、なっていま……っ！」

合田の言葉を即座に否定しようとおもったけれど、美月は自分ではどんな態勢でいたかわからないので、軽く頭を下げ小声で詫びた。

「見苦しいところを……すみません」

その間も忘年会の挨拶は続いている。

「それでは乾杯の音頭を、外科部長お願いします」

全員がグラスを手にする中、美月も慌てて目の前のグラスをとった。

「あ、気持ち良さそうに寝ていたので、勝手に生中（なまちゅう）にしておきました」

「……ありがとうございます」

合田のなんとなく嫌味っぽい口調が悔しいが、とりあえず礼を言う美月の頭の中に、先日の夜勤の出来事がよみがえる。自分の胸に手を差し入れ、ショーツの中を探るなんて大胆不敵な振る舞いをしたくせに、よくもまあ平気な顔で、隣に座っていられるものだと思った。

「カンパーイ」

「あれ……顎にヨダレの跡が」

「ええっ⁉」

慌てて口元に手をやる美月を覗き込んだ合田の眼鏡の奥の瞳が、いたぶる小動物を捉えた猫のように光った。

「嘘です。ヨダレなんか垂れていませんよ」

「ぐっ……」

合田はグラスを置くと、左隣で俯く美月の短い髪の毛をひと房摘まんで呟いた。

「寝癖はついているようですが……あ、寝癖じゃなくて、ただのハネッ毛か」

反射的に合田の手を払い、髪に手をやった美月の頬から耳までがピンク色に染まった。

悔しいついでに、今までの合田の不遜な態度をまた思い出し、ますますモヤモヤする。

合田は美月をからかって大いに楽しんでいる。美月にはそれが悔しくてたまらない。おまけに合田を振り払った手がじんじんと痛んで、さらに悔しさが増す。他の看護師には猫をかぶっていい人ぶっているくせに、美月にだけはしょっちゅうくだらないイジワル攻撃を仕掛けてくる。まるで小学生みたいだ。

それにしても……今夜は場所が悪い。左と背後は壁、前方にはテーブルと三方を囲まれ、右は合田が陣取っているので身動きさえできない。合田は自分の右隣の奥田と話をして楽しそうだけれど、美月には話し相手もいない。仕方なくビールを口にして、目の前の前菜に箸をつけた。

　味には定評のある店だけあって、宴会料理でも手を抜かないようだ。美月は、しばし隣の男の存在を忘れて料理を味わうことにした。

（そのうちトイレに行くとか言って、フェードアウトしようか……うん、そうしよう！）

　幹事にはあとで詫びを入れればいいだろう。そう思ったら気が軽くなったので、美月は珍しくビールの追加をオーダーした。

「すみませーん、生中ひとつ！」


　宴会が盛り上がりを見せる中、相原が冷酒とお猪口を手にやって来た。

「美月ぃ楽しんでる？　あっ合田先生、こんな所にいたんですね～。ここ座ってもいいですかあ？」

　いい感じに酔いが回りつつある相原は、白々しいセリフを口にしながら、美月と合田の前の空いた席にちょこんと座った。合田に酌をはじめたついでに、美月や奥田にも冷酒を注ぐ。相原が持ってきた冷酒は意外に飲みやすかったが後味が甘く、飲み過ぎると悪酔いしそうだったので、美月は早々にお猪口を返した。甲斐甲斐しく酌をする相原をボンヤリと見ているうちに、相原は合田の『知らんぷり』を知っているのかどうかが気になってきた。

「そう言えば相原、合田先生って私達のことを同期生だって憶えていたのに、知らんぷりをしていたんだよ」

「うん知ってる。この間、大学時代にコンパに誘ってくれてた先輩の話をふったら、合田先生アッサリと認めたよ。『そうでした。相原さんもよくコンパに参加していましたね』だってさ」

「なんだ、そうだったの」

「美月さぁ、合田先生が、いつまでも忘れているわけないじゃん」

「そうなの？」

「そうだよ。でもさぁ、美月はそんな話、いつ先生としたの？」

相原は、美月と合田を交互に見て首を傾げた。

「……おふたりさん、仲悪かったんじゃなかったっけ？　ちょっと、私の知らない間に何かあったのなら、この際全部吐いちゃいなさい！」

「ない、ない！　何もないよ！」

慌てて否定する美月の隣で、合田はニヤニヤ笑っている。何か言ってよ！　と、美月は合田を睨んだ。

「別に仲は悪くないですよ。山川さんは僕みたいな男が苦手らしいので、できるだけ接触しないように避けているだけじゃないですか？　まぁ話しかければ、渋々会話はしてくれますけど」

「あははー先生ってば、可哀想」

「渋々って先生……それでも、山川さんと話がしたいんですか?」

奥田が、あきれ顔で話に割って入った。相原と奥田にイタイ男扱いをされた合田は、なぜか嬉しそうだ。

相変わらずの偽笑顔を作って、感じのいい男を演じている合田に、美月はイライラを募らせる。先週自分の素肌に触れ、撫で回してきたくせに、そんなことなどなかったみたいな態度にも腹が立った。ああいうことは、合田にとって日常茶飯事なのかもしれない。そう思ったら怒りがこみあげてきて、美月はまた合田をキッと睨んだ。すると、美月の心を読んだように、合田がこちらに顔を向けた。一瞬目が合った気がしたが、美月は怒りに任せてプイッとソッポを向いた。しかし、やっぱり気になって合田に視線を戻す。すると美月の視線に気がついた合田の表情が、一瞬にして明るくなって微笑みに変わった。美月は、不意を突かれてドキッとする。その時美月に向けた合田の微笑が、いつもの偽笑顔とは全く違うものに見えたからだ。

まるで、仮面を外した素の表情を垣間見た気がして、美月は混乱した。合田は、自分が思っているほど悪い人物ではないのかもしれない……。そう思いはじめると、なんだか落ち着かなくなってきた。

そんな美月の不意を突くように、奥田が尋ねる。

「山川さんは、何故合田先生を避けるんですか?」

「えっ、何故って……」

奥田の質問に、美月はどう答えていいかわからない。避けてないですと言えばいいものを、相原に注がれた冷酒で酔いが回ったのか、上手い言葉が見つからなかった。

「その……、誰にでも愛想が良すぎるのが、なんだか嘘くさくて……」

つい、長年の疑惑を口にしていた。

「やだぁ、合田先生には裏があるってことぉ？　いいじゃんそんなの。わたしはぁ～自分に優しければそれだけで嬉しいけどね～」

「相原は、楽観的すぎるよ」

「美月は、かいぎてき。なのにコロッとだまされる」

いつもは口の立つ相原が、酔ったせいか滑舌が悪い。美月もつられて呂律が怪しくなりそうだ。

「皆さん、よく本人を目の前にして好き勝手を言ってくれますね。つまり……山川さんが僕を避ける理由は、裏表がある男だからということなんですか？」

「すみません……」

「謝られても気分はよくないんですけど。実際、山川さんは、僕のことをそういう人間だと思っているんですよね？　あなたはいったい僕の何を知っているって言うんですか？」

「何って……」

「たしか……僕が赴任した初日に、『笑顔が作り物みたいで、嘘くさい』と山川さんは言いましたよね？」

（えっ。今それを言う？　と言うか、よく覚えているなぁ……）

合田の記憶力としつこさに根負けした形で、美月は頭を下げた。

「はい……言い過ぎたこと、謝ります。ごめんなさい」

「ふふっ。やっと、ちゃんと謝ってもらえた」

「え？」

美月が顔を上げると、合田はニヤニヤ笑っていた。本気で怒っていると思ったのに、これも演技だったとわかって、美月の頬に赤みがさした。

「先生ったら！　本気で反省したのに」

「まぁまぁ……そう言う山川さんだって、自分の本性を隠しているんじゃないですか？」

「えっ、私？」

「今は真面目な仕事ぶりで近づいてくる男を蹴散らしていますけど、大学時代はずいぶん内気な女の子だったような……」

「やめて下さい！」

ずっと知らないふりをしていたくせに、今になって大学時代のことをネタにからかうなんて……。美月は顔を真っ赤にして手を振り上げ、合田の腕を叩こうとした。合田は美月の攻撃を軽くかわしながら、満面の笑みを浮かべている。

「実は内気な自分が嫌で、虚勢を張っているから、弱さを見せたくない、とか？　山川さんは、もっと自分を解放してもいいと思いますよ。かたや相原さんはオープンすぎるので、それもどうかなとは思いますけど」

「やだー先生。私のことそんなにわかってくれてるって、どういうことぉ？」

相原の前向きすぎる勘違いに、合田が引いた。

「そうくるか！　相原さん凄いな。でも、勘違いしないでほしいんだけど」

「勘違い、するするーっ」

酔った相原は、合田のシャツの袖口を握ってしばらく離さなかったが、しばらくするとトイレに立った。美月は美月で、胃がムカムカして気分が悪くなってきた。

自分のコンプレックスを、合田に見透かされていたことが衝撃だった。それに相原に言った、「勘違いしないでほしい」という言葉は、自分にも向けられたもののように美月は感じた。

相原が席を立つのを待っていたらしく、その後は、次々と合田の前にビールや酒を手にした看護師が集まりはじめた。合田に酌をしてひとしきりお喋りをすると、隣の美月にも酒を勧める。

断りきれなくて、チビチビといろいろなお酒をちゃんぽんしているうちに、そんなに強くないアルコールの摂取量が限界を超え、ムカムカして今度は胃が痛くなって来た。

「山川さん、大丈夫ですか？」

心配そうな顔をする合田に大丈夫だと手を振り、美月は荷物を手にトイレに向かったが、戻りの廊下で強い吐き気に襲われた。壁をつたいヨロヨロと歩きながら、今夜の飲み方を悔やむ。どう考えてもいつもの自分らしくない。

「うっ」

苦いものが胃からこみ上げてくる。トイレに戻ろうと踵を返したところで、よろけて足が滑った。

「山川さん！」

こんな自分の姿を一番見られたくない人物の声が聞こえて、廊下にへたりこんだ美月は泣きそうになった。助け起こそうと近寄ってくる合田に、美月は強い言葉を投げつけた。

「もうっ！　先生のそんなところが嫌なんです」

「え、嫌って……」

「優しくされても私は勘違いなんかしませんから、どうぞ安心してください」

「勘違いって……いったい、何のことを言っているんですか？」

「何って……せ、先週のあのキス、私はすぐに忘れますから大丈夫です。先生にとっては別に何でもないことなんでしょうから！」

「弱っていても、口は元気なんですね？」

合田は何故か満面の笑みだ。

「山川さん、どうして僕に簡単に降参しないんですか？　でもまあ、そういうところが逆にそそるんですけど」

その笑顔と、ヘンタイっぽいセリフに呆れる余裕さえない。限界に達していた美月は介抱しようとした合田を突き飛ばしてうずくまると、そのまま動けなくなった。

酒量をコントロールできないで悪酔いした上に、こんな失態をよりにもよって合田に見られるなんて最悪だ。

「山川さん？」

「うっ……気分悪い……」

「大丈夫ですか？　吐きそう？」

美月の背をさすりながら尋ねてくる合田は、酒席でも医者であろうとする。そんな姿勢は尊敬に値するけれども、美月はそれどころではない。

「大丈夫です……ってか、ほっといて下さい」

「ほっとけるわけないでしょう。さあ、行きますよ」

美月の言葉を無視した合田は、美月の肩を抱いて立ち上がった。そして、荷物を手に店を出た。

表通りで合田が拾ったタクシーの中でも問診は続いた。

「吐き気は収まった？」

「はい。ちゃんぽんで飲んだのがよくなかったみたいです……腸炎とかの心配は、ないとぉ思いま……」

体内に残っているアルコールのせいで、呂律が回らない。おまけに、頭がクラクラしてしんどくて眠いのに、合田は許してくれない。脈をとり、額をくっつけて、美月の熱を自分の肌で測り、なおも尋ねる。

「嘔吐は？　他に悪酔い以外の症状は？」

「は……い。気持ち悪いだけで……す」

合田は美月に自宅の住所を尋ねたが、美月は返事ができなかった。完全に酔いに負けて、その日二度目の寝落ちをしていたのだ。


「ん……」

暗闇の中で目覚めた美月は、寝返りをうって違和感に首をひねった。

「あれ？」

手を伸ばすといつもは壁に手が届くはずが、柔らかな上掛けの上に手がポスン……と落ちたのを不思議に思った。ムクリと起き上がると、ズキズキと頭痛がする。薄暗い部屋には見たことのない光景が広がり、一瞬パニックに陥りそうになったが、記憶の欠片を寄せ集めるとすぐに気を取り直した。

美月の記憶は店の廊下での失態の後、タクシーに乗せられ合田に問診を受けたところで途切れている。ならばこのドアの向こうには合田がいるのだろう。と言うか、合田以外の人物がいたら怖すぎる。

手探りで電気を付けると、シンプルな寝室が現れた。自分の着衣に乱れがないことをたしかめた美月は寝室のドアを開ける。

廊下に漂うのはコーヒーの香り。その先のドア越しに見える明るい空間は、きっとリビングだろう。みっともない姿を晒したくないと、鏡を探してキョロキョロしたが見つからなかった。家探しするわけにもいかない。美月は今度こそ意を決して、リビングへ続くドアを開いた。


明るい部屋の中に馴染みの長身を見つけて、美月はホッと安堵した。合田はダイニングテーブルの前に立ったまま電話をしている。ソファーには乱れたブランケットがあり、ジャージ姿の合田の手にはコーヒーマグがあった。

「……はい、了解しました。では」

美月を振り返った合田は、ぎこちなさなどまるでない素振りで言う
「大丈夫ですか？」

「はい。少し頭痛が……」

「じゃあ、コーヒーを飲みませんか？　ご存じでしょうが頭痛は、肝臓で分解されたアセトアルデヒドを含む血液が酸素を必要として膨張し、神経を刺激することが原因です。血管の収縮作用があるカフェインを飲めば、頭痛解消には効果がありますす。あ、マグカップはキッチンカウンターに出してありますから」

美月は学生時代から、緩くではあるけれどカフェイン制限をしていた。でも、合田がせっかく丁寧に説明してくれたのと、コーヒーの香りがよかったので素直に従うことにした。

アイランドキッチンは立派なものだった。これほど豪華なものが独身男に必要なのだろうか？　キッチンカウンターの前に立った美月は、頭痛でぼんやりとした頭でそんなことを考えていた。コーヒーマシンはカウンターの隅にあり、マグカップも側に置かれている。いつも身綺麗な合田は、住まいもきちんと整えられていた。欠点など、どこにも見当たらない。あまりにできすぎに思えて、美月はなんだか白けた気分になりながら、カップを手に取りコーヒーを注いだ。

カウンター横の椅子を勧められ、腰を掛ける。

「いただきます」

口に含むと、コーヒーはピリリと舌を刺した。苦みの強い大人のコーヒーだ。カウンターに置かれた時計を見ると午前二時。美月が気分を悪くしたのは忘年会も終わりに近かったから、店を出たのは十時近くだろうか？　タクシーに乗ってからの記憶がないから、かれこれ四時間ほど寝ていたことになる。我ながら図々しいにもほどがある。美月は急に恥ずかしくなった。

「病棟から呼び出しがかかったので着替えてきます。一緒に出ましょう、今度こそ送りますよ」

「あ、いえ、自分で帰れます。それにお急ぎじゃ……」

「まだ患者のバイタルは保たれているので大丈夫。当直の医師にも頼んでいるので、問題ありません。少しだけ待っていてください」

美月の返事も待たずに合田は寝室へ向かった。自分がベッドを占領していたから居間で仮眠をとっていたのかと、美月は申し訳ない気持ちになった。

それにしても今夜の合田は自然体で、いつもの作り笑いが見えない。それが美月を戸惑わせた。店では相当合田をなじったのに、そのことにも触れてこない。やはり合田は、美月のことなどどうでもよかったのかと思うと、今まで自分が密かに大切にしていた全ての思いが馬鹿らしく感じられた。


まだアルコールが残っているからと合田はタクシーを呼んだ。美月のマンションは病院へ向かう道沿いにある。それを合田に言うと、「意外に近いですね、ご近所さんでしたか」と呟いた。タクシーの車内で、美月は改めて合田に謝る。

「本当にご迷惑をおかけして申し訳ありませんでした。それと、暴言もお詫びします……ごめんなさい」

美月に視線を向けた合田は片頬で笑った。

「ずいぶんとしおらしいじゃないですか、それに酔いは醒めたようですね。残念だな、呂律が回らない山川さんは可愛かったのに」

「えっ？」

「タクシーの中で、睡魔に負けまいと必死に返事をしていたのが愛らしかったです。いつもキリッとした顔で、キビキビ喋っている山川さんとは、ずいぶんギャップが……」

「また、冗談を言わないでください！」

自分では普通に喋っていたつもりだったので、美月は合田の言葉に納得がいかない。それでも世話になったのはたしかなので反論もできない。とにかく、美月は頭を下げた。

「このお礼は、また別の機会に……」

「考えておきます」

合田の返事に、美月は思わず顔を上げた、

「へ？」

怪訝な顔をする美月に、合田は、やけに爽やかに笑った。

「お礼……してくれるんでしょう？　何をしてもらうかは、僕がジックリ考えておきますから」

「……」

美月の背に、じんわりと冷たい汗が流れ落ちた。

翌日、準夜勤だった美月は、出勤早々更衣室で相原に掴まった。

「美月ぃ、忘年会で合田先生に拉致（らち）られたって本当？　私が目を離している間に、何してんの⁉」

「拉致って……」

合田のマンションで休ませてもらったと言ってもいいのか……。迷った挙句、美月は相原には黙っておくことにした。

「先生は家までタクシーで送ってくれただけだよ」

美月はそう答えながら、やましい気持ちで一杯になった。嘘はつきたくないが、合田のマンションで休ませてもらってコーヒーをご馳走になったなど、相原にはとても言えない。

「本当？　先生に聞いてもはぐらかされるし、気になって仕方がなかったんだー」

「うん、ごめん。ところで、相原はあれから？」

「……あ、わ、私？」

意外な反応だ、相原が珍しく口ごもっている。普段は鈍感な美月でも、さすがにピンと来た。

「相原、何かあった？　あの……言いたくなければ無理には聞かないけど」

「あのさ、忘年会の時、合田先生の隣に……」

「奥田先生？」

「うん」

モジモジする相原など初めて見た美月は、次の言葉に驚愕した。

「私、奥田先生に本気で告白された」

「ええっ⁉」

「あっ！　でも、まだＯＫしてないよ」

奥田は、合田より一年後輩の麻酔科医で独身だ。外見はかなりいいのに、浮いた噂がなく仕事も真面目。合田の陰に隠れてはいるが、かなりの優良物件だと思われる。以前から相原を気に入っていたのだけれど、肝心の相原はその想いに気がつかず、合田ばかりを追いかけていた。

「奥田先生って評判いいよ。いい人だとは思うけど、なんだっていきなりそういうことになっちゃったの？」

「送ってくれるって言ったから一緒にタクシーに乗ったのよ。そしたらもう一軒行きませんかって誘われたから、ＯＫした」

「そうしたら？」

「隠れ家みたいな素敵なバーに連れて行かれて、そこでお酒はもういいねって、甘いラテを飲みながら一時間くらいお喋りしたの。で、その後もっと話をしたいからウチに来ませんかって……。奥田先生って、誘い方がすごく自然で慣れてるでしょ？」

「うん、大人だよね。で、行ったと……」

「うん。以前から飲み会の席には必ずいるから、お酒が好きなんだろうなって思ってたんだ。でも、私に会いたくて無理矢理参加していたんだって言われた。院内旅行も私に誘われたから嬉しかったって。それからいろいろお喋りして……。奥田先生って、しょっちゅう私のことを好きだって言ってたじゃない？　でも、そんなの口だけだって頭から信じていなかったんだけど、本当に私のことが好きなんだって真剣な顔で言われて、キュンと来ちゃった。その後、もう遅いし、襲わないから泊まっていけば？　って言うから、お言葉に甘えちゃった。家まで行ったのに、エッチもなしで明け方までお喋りなんてさぁ、何気に爽やかじゃない？」

「ぷっ」

噴き出した美月に、相原は言葉を続けた。

「それに、私は合田先生が好きなんですけどって言ったら、それは単なる憧れでしょう？　そろそろ諦めたらどうですかって言うのよ。余裕だよね、信じられない」

信じられないなどと言いながらも、相原の表情は笑顔だ。まんざらでもないらしい。

相原には、合田にあからさまなアプローチを仕掛けていても、どこかユーモアがあって周りを楽しくさせる明るさがある。そんな相原に目をつけた奥田は、なかなか見る目があると美月は思った。

「奥田先生は年下だけど、相原よりもずっと大人なんだろうね。ふたりはお似合いだよ」

美月の言葉に、相原はますます笑顔になった。

「……だよね。あの合田先生を狙うなんて私もどうかしていたのかな？　本当は、身の丈に合った恋愛が一番いいんだよね」

それを聞いた美月の胸に、何故か鈍い痛みが走った。相原の言葉は無意識なのだろうけれど、何気に胸に突き刺さる。そんな思いを振り切るように、美月はお喋りを続けた。

「だよね……あっ、それにしても相原は体力あるね。だって、ほとんど寝てないのに今日は朝イチ出勤でしょ？」

「うふっ。奥田先生のマンション、病院のすぐ隣だったの。徒歩五分だから楽だったー」

美月は、病院の隣にそびえる高級マンションを頭に浮かべた。

「そ、そうなんだ。お疲れ様」

「うふふ……。じゃ、また明日！」

つい昨日まで合田を落とすと豪語していた相原は、別の素敵な人を手に入れたのかもしれない。友達の恋のはじまりはもちろん嬉しいのだけれど、置いてけぼりをくったような、一抹の寂しさを感じる美月だった。

第六章　元旦の救急では、スーパーＤｒ.が大活躍

忘年会から一週間が経った元旦の午前八時すぎ、美月は職員カードをかざしてロッカールームに入った。

「あ、あれっ？」

ロッカールームで美月は、クリーニング済みの白衣を広げて首を傾げた。昨日リネン室から受け取って、そのままロッカーに仕舞っていたそれは、どうも自分のものではないようだ。

美月は普段パンツ式のツーピースの白衣を着ている。しかしここにあるのはワンピース型で、しかもツーサイズ小さい。美月は胸が大きいので、それを目立たないようにするためにＬサイズの上着を着ている。パンツはＭサイズだ。それなのに、この白衣はＳサイズ。

（しまった……受け取った時に、よく確認しておけばよかった）

今まで間違えられたことなどなかったので、すっかり油断していた。これからリネン室に走っても自分の白衣が見つかるとは限らない。遅刻するわけにはいかないので、仕方なく誰の物かわからない白衣を美月は身に着けた。清潔なことだけが救いではある。ロッ

カーに予備用として一足だけ残しておいた白いストッキングを穿き、ナースシューズに足を入れた。

救急へ向かう途中で、廊下に備え付けられた鏡で自分の姿を確認すると、スカートが短く胸もパツパツに見える。

(え？　なにこれ!?　こんなの着て一日中過ごすなんて、恥ずかしすぎる。それに、またセクハラを受けたらどうしよう……)

美月はロッカールームに戻ると、せめて強調された胸を隠そうとカーディガンを身に着けた。

救急窓口に入ると案の定、日直事務が目を真ん丸にして声を上げる。

「きゃー山川さんどうしたんですか？　スカート、えっろい」

「え、エロいの？　どどど、どうしよう。誰かの白衣が間違って用意されていたのよ。そんなに変？」

美月の問いに事務ふたりが首を傾げる。

「んー、変じゃないけど、今日の責任者って外来師長ですよね。もしかしてガミガミ言われるかも」

「山川さんって、胸がけっこうあるんですね。どうしていつも隠していたんですか？　もったいない」

「いや、胸のことは置いといて……そのエロいっていうのが気になるんだけ……」

最後まで言えなかった。救急窓口の前を、私服姿の合田が通ったからだ。黒縁メガネに少し伸びた黒髪、スウェットタイプのカジュアルなパンツに上質なグレーコートを無造作に着こなしている。お洒落すぎるその服装は、悔しいけれど似合っていた。こちらに視線を向けた時に、一瞬目が合ったように感じたのは気のせいだろうか？

先日の忘年会で自分を助けてくれたとは言え、美月にとって合田はやっぱり油断ならない男だ。

（それに、始業十五分前には出勤しておいてよね！　医師だからって特別扱いは許されないんだから）

などと、美月は心の中で呟いていた。今日一日、こんな恰好で合田と一緒に仕事をするのかと思うと気が重い。それは、自販機前の一件や、忘年会でのお礼の件が片づいていないせいだけではない。相原の恋バナを聞いてから、美月はちょっとおかしいのだ。新しい花から花へと、好き勝手に飛び回っていた相原が、ようやく自分を冷静に見つめて、堅実な相手を見つけたことが羨ましかった。それに比べて自分は、大学時代からの憧れだった合田の言動に、完全に翻弄されて右往左往している。合田に好き勝手されても、結局許してしまう自分が浅ましく感じられて情けなくなる。十年前から全く成長していない、自分の恋愛事情のなんとお粗末なことか……。

（あーあ、相原に先を越されちゃったな……）

合田の私服姿を見られたと、キャッキャッと嬉しそうに騒ぐ事務ふたりの姿は、美月の目には無邪気で羨ましいものに映った。合田のような遊び人には、それくらいのノリが釣り合っているのかもしれない。

物思いにふけっていた美月は、ふと我に返った。

(仕事を忘れて何をしているの、私は！)

美月は昨夜の当直看護師からの申し送りを聞くために、急いで救急診察室に向かった。

「うぉ！　山川、どうしたん？　色気づいた？」

割と仲のいい同窓の先輩看護師に突っ込まれて、美月は苦笑いだ。

「違いますってば！　誰のかわからないけど、他人の制服が用意されていたんです。リネン室によく言っとかないと。あ、先輩、ナース服余分にありませんか？」

「ごめん、ないわ。でもミニスカナース、カッコイイじゃん！」

「あぁ残念。て言うか先輩、そのミニスカナースって言うの、やめて下さいっ」


申し送りの後、淀んだ空気を入れ替えるために窓を開けると、冷たい風が室内を満たした。窓の外は晴天だ。気持ちのいい正月を、こんなところで過ごさなければならないと思うとため息が出るが、正月手当てがもらえるので我慢我慢。

合田や外来師長とはなるべく顔を合わせないようにして過ごせばいいんだから。明日と明後日は連休だし、制服の取り違えも気にしない気にしない。と自分に言い聞かせ、笑顔を無理矢理作ると、不思議なことに気持ちが少し上がった。

（明日は絶対に目覚ましを切って、惰眠を貪るんだ！　それから温かい部屋でダラダラと、録画してある映画を片っ端から観て……）

美月の脳内では、すでに今日の苦行は隅に追いやられている。ある意味現実逃避だ。いい年をして家でごろごろするのが一番の楽しみだなんて、女を捨てていると非難する意見があることを美月は知っている。でも、来月三十三歳になる美月は、それほど悲観的にはなっていない。ひとりの生活を十分に楽しんでいるのだから。

美月はそれなりに満たされていた。それはあくまでもそれなりに、なのだけれど……。

「二十代女性、発熱と喉の痛みで来院です」

九時前には第一号の患者がやって来た。事務からの連絡で待合に行くと、マスクをした女性がぐったりと椅子の背にもたれている。問診をして血圧を測り終えた頃、合田が医局から下りて来た。

患者を診察室に案内し、バイタル計測キットを手に美月も診察室に入る。パソコンから目を離し患者に向かいあった合田が、患者の背後に立つ美月に視線を向けた。

……と、一瞬だけ合田の表情が固まった。

一秒、ほんの一秒だけ視線が美月に留まり、目を閉じて開いたあと、合田はいつものポーカーフェイスに戻っていた。

「口を、大きく開けてください」

合田は患者に指示をすると、舌圧子(ぜつあつし)で舌を押さえ、ペンライトで喉の内部を確認した。その後、首に掛けた聴診器に手を伸ばしてチラッと美月を見る。呼吸音を聴くのだと思ったので、美月は患者に話しかけた。

「呼吸の音を聴きますので、お胸を出していただいてよろしいですか?」

若い女性なので、言葉には特に注意する必要がある。

「下着は外さなくていいですよ」

恥ずかしそうに上着を持ち上げた患者のうしろで、美月も洋服を押さえて手伝う。心音を聴いた後、呼吸音を聴くために合田が患者に声をかけた。

「息を吸ってください」

「……はい。今度は、強くフーッと吐いてください」

合田の深みのある声は、患者を安心させる効果もあるのか、息を吐いた患者の肩の力がホッと抜けたように美月には感じられた。また合田が美月に視線を向けたので、美月は患者にお願いをした。

「背中の音を聞きますので、クルッと回ってくださいね」

同じように音を聞いた後、合田は患者に言った。

「熱は三十七度で呼吸音もそれほど悪くはないのですが、職場にインフルエンザの人がいたんでしたね?」

「はい。今朝起きたら熱っぽくて喉も痛くなったので心配になって……」

「では、インフルエンザの検査もしておきますか？」

「お願いします」

患者の返事を聞き終える前に、美月は検体用の長い綿棒を手にしていた。それを合田に手渡しながら、以前の夜勤でのインフル騒動を思い出していた。あの時、綿棒で粘膜をこするだけの検体採取なのに、患者の鼻の穴をくまなく探る合田の姿が丁寧すぎて、ヘンタイチックに見えたっけ……。あの日以降、美月には刺激的なことばかりが起こっていた。一週間ちょっとしか経っていないのに、インフル騒動がずいぶん前のことのように感じられる。

合田は相変らず丁寧に患者の鼻から検体を採取している。集中しているのかと思ったら、美月に向かって声が飛んで来た。

「山川さん、頭をちゃんと押さえてください」

「はい。すみません」

まったく。ヘンタイ合田はいつ、いかなる時も、全方向に意識が向いているらしい。

「インフルの検査結果が出るまで、待合室で休んでください。またお呼びしますので」

検体採取が終わり、美月は患者にそう言って待合室に案内した。

そして二十分後、検査結果が出たので美月は合田に連絡をする。

「インフル陰性でした」

「わかりました。行きます」

患者を再度診察室に呼び戻し、合田の説明が始まった。

「インフルエンザは陰性でした。咽頭炎(いんとうえん)ですね」

「あ、よかった」

「インフルの場合、検査をする時期が早すぎると、本当は陽性なのに陰性と出ることがありますので、自宅に戻られて熱がまだ上がるようなら、またご連絡下さい。一応喉の痛みを抑える薬と抗生剤を処方しておきますが、大切なのは加湿して温かい場所でゆっくりと休むことですよ」

「はい。ありがとうございました」

美月は患者を待合に戻すと、薬局に連絡をして診察室に戻った。すると電子カルテに処方を入力していた合田が、急にパッと振り返り美月に話しかけてきた。

「山川さん、先日の件ですが」

「はい?」

「お礼の件、決まりました」

なーんだ、そんなこと?　忘れていました……と軽く笑いながら言えれば美月も気が楽だっただろう。しかし、実際はその反対で、何を要求されるのか、ずっと心配で仕方がなかったのだ。

「お高いものはNGです」

「えっ?」

やった！　合田の出鼻をくじくことができたと思った美月は、図らずも笑ってしまった。その笑顔に視線を向けた合田の表情は、シベリア並みの冷気を纏っている。

「誰がお金を使わせるって言いました？　労働奉仕をしてもらうつもりです」

「ろうどうほうし？」

棒読みで返した美月と不敵な笑みを浮かべる合田。お互いに睨み合い……いや、見合っているところに外来師長がやって来た。

「あっ、合田先生～、患者さんインフルじゃなくてよかったですね～～～」

合田に甘い声をかけたあと、師長は美月にウンザリした口調で嫌味を言う。

「山川さん、先生の側で油を売っている暇はないはずよ。外に患者さんが来ているっていうのに！」

「申し訳ありません」

謝る美月の全身を見た師長は、急に顔を強張らせた。何だろうと美月が不思議に思っていると、今度は腕を取られ待合まで引っ張られた。

「山川さんっ、あなた、この制服はどうしたの⁉」

日直事務たちの心配が当たってしまったことに、美月は内心でため息をついた。

「リネン室が誰かのと間違ったみたいで、ちょっと短いですよね。でも取り替えて着替えている暇はなかったので……」

美月の答えに師長は納得がいかないようだ。

「私がリネン室に電話するから着替えてらっしゃい。こんなみっともない恰好でウロウロされたら見ているこっちのほうが恥ずかしいわ」

今日は正月だからリネン室は休みのはず。それに着替える暇など今日はないのだ。そう言うと、師長は忌々しそうに美月の腕を離した。そこへ、合田が通りかかった。

「どうかしましたか？　何かトラブルでも？」

「あ、いいえ。ちょっと、職務中の服装について、山川さんにアドバイスをしていただけです」

「服装？」

立ち止まった合田が、美月の顔から足の先まで視線を動かした。

「山川さんの白衣が、見るからに短いので注意していました。先生もそう思いませんか？」

「別に……」

「えっ」

思いがけない合田の答えに、師長が焦った。当の美月は、身体にピッタリとした白衣姿を合田にジロジロと見られて落ち着かない。

「見苦しいのなら話は別ですが、いいんじゃないですか？　僕としては、山川さんの見慣れない姿に驚いて眠気がすっ飛んだので、逆に感謝したいくらいです」

「逆に感謝って……」

助けてくれた気もするが、美月は合田の微妙な物言いが気になって突っ込んでしまう。

でも、苦手な外来師長の前だったので、それ以上は口をつぐんだ。

「僕はちょっと売店に行ってくるので、何かあったら連絡してください」

「あ、はいっ」

　合田に気をそがれた師長は、美月を叱る気が失せたようで、救急診察室に入って行った。ようやく解放された美月は、ホッとして待合の患者の元へ走った。

「結局、師長に叱られちゃった。私そんなにみっともない恰好かな？」

　救急窓口に入ると、美月は日直事務にぼやいた。

「やっぱり嫌味言われちゃいました？　でも全然みっともなくないですよ。逆にスタイル良すぎて嫉妬したんじゃないですか？　そう言う師長こそ、いつも似合わない短めのスカートのくせにねーっ」

「山川さん、気にしない気にしない！　ね、チョコあげる」

「そ、そうかな。ありがとう」

　チョコの糖質と日直事務ふたりの励ましで、美月は元気を取り戻す。そうなのだ。外来師長のプチいじめを気にしている暇などないのだ。今日は元旦、どんな患者がやってくるのか、予想もできないのだから……。

　次の患者は、救急車でやって来た。

「初詣に行った神社の階段で、転んでオデコにケガをしました」

救急車で搬送された高校生の男子は、ストレッチャーに乗せられて診察室に向かう間に合田にそう言った。見るとただの怪我ではない。傷口がパックリ開いている。生理食塩水で傷口を洗い消毒をした合田は、脳震盪（のうしんとう）の症状がないかチェックをはじめた。

吐き気は？　目は見える？　記憶はちゃんとある？　患者はその質問に、問題なく答えたので脳震盪はなさそうだ。そしてペンライトを使って、光にきちんと反応するかを診た。その後は、全身を触って、痛みや骨折の有無を確認する。その全てが手早く、的確だった。痛みを訴えた肩を診ると、皮膚が紫がかった赤色になっていた。合田は、その箇所を押し、腕を動かして骨折がないと判断すると、頭部レントゲンを指示した。

レントゲン画像は、患者が戻ってくるまでに電子カルテに表示される。それを診た合田は、美月に呟いた。

「影がないから出血もないね。さあ、閉じるか」

患者がストレッチャーに乗って帰ってくると、早速縫合が行われた。部分的に麻酔をしたあとは素早く、しかも丁寧に縫合が行われていく。あれよあれよという間に進む治療に、患者はもう身をゆだねるしかないのか目を閉じている。

（かわいそうに……それにしても、高校生にもなって子どもじゃあるまいし、頭から転ぶなんて階段でふざけていたのかしら？）

美月は、横たわる高校生の頭部を軽く押さえて考えていた。その側で、額を綺麗に縫っている合田の手さばきは早い。ものすごく、早い。しかも丁寧だ。この病院に来るまで、彼は数えきれないほどの患者を、救急の現場で治療してきたのだと聞いている。合田個人に対しては、いろいろな思いがあるけれど、仕事に関しては『参りました！』と言うほかない。今回初めて救急現場での合田の活躍を見て、美月は改めてそう感じた。

隣の部屋では別の救急車で運ばれた、これまたインフル疑いの八十九歳が待っている。縫合の前に合田がオーダーをしていたようで、これから師長が採血と鼻腔内の検査検体を採取することになっていた。

最後の針が皮膚を通る。上手い！「よかったねー当たりの先生で。傷は残らないから安心してね～」などと口に出して言うことはできないが、美月は合田を労った。

「先生、お疲れ様でした」

合田はその言葉に軽く頷くと、高校生の処方オーダーを終わらせて隣の部屋に向かった。

「山川さん、ケモの患者さんが気分不良で来られています」

美月が日直事務に呼ばれて待合に向かうと、四十代前半ぐらいだろうか、浮腫んで青白い顔の患者が不安そうな表情で座っている。カルテによれば彼女は、現在子宮体癌の治療のためにケモ、つまり化学治療を行っている最中のようだ。抗がん剤の副作用が強く出ているらしい。問診をしてバイタルを計測していると、いつの間にか隣に合田が立っていた。美月が記した問診カードを見ている。

「血圧は？」

「135/85mmHgです」

合田は患者に問いかける
「症状は吐き気とむくみだけですか？」

「私、子宮体癌なんです。化学療法の一回目を終えたあとからずっと食欲がなくて……それに痺れとかもあって、いろいろと不安で……」

患者は明らかに具合が悪そうだ。精神的なダメージも受けているように見える。問診の際に、この病院でオペを受けたと言っていたから、電子カルテの入院診療記録を確認する必要があるだろう。ひとりぼっちで来院したのも気になる。ひとり暮らしか、あるいは家族の病気に対する理解が足りなくて、フォローがないのかもしれない。女性特有の癌になってしまったこの患者の姿を見て、同性の美月には全くの他人事だとは思えなかったし、看護師として何かできることはないだろうかと考えてしまう。

「抗がん剤はワンクールを終えたばかりなんですよね。身の置きどころがないくらい身体が辛いですか？　点滴と食事療法くらいしかできませんけど、二〜三日入院しますか？」

合田は膝を突いて患者と目線を合わせ、優しく声をかけた。すると、その優しい物言いに感情の堰が切れたのか、患者は涙を浮かべながら何度も頷いた。

「お願いします。ひとりでいるのが心細くて……」

「大丈夫ですよ。しばらく入院して元気を取り戻しましょう」

そう言って患者の背中に手を置く合田は、美月の目にも頼もしく思えた。普段は憎たらしいと思うことの方が多い合田だが、弱い患者に優しく声をかける姿には、やはりひとりの医師としての使命感が表れている。

合田は外科医として、難しい手術を成功させる力量ばかりが注目されるけれど、案外、患者に対する優しさが人気の秘密なのかもしれないと、美月はふと思った。

（いろいろ欠点もあるけど、やっぱり医師としては尊敬できる人なんだよね）

美月がそんなことを考えていると、合田が気を回して提案をする。

「山川さん、婦人科病棟が受け入れてくれなければ、外科に入院してもらってもいいから、師長に話しておいてください」

「はいっ。外科入院の場合、主治医は合田先生でいいんですね」

「ええ。採血のあとは、病棟から迎えが来るまで点滴室で休んでもらってください」

「はい、了解です」

的確な指示をする合田に、美月も端的に応える。

「検査のために血を採りますね。ちょっとチクッとしますよ」

清潔なシーツに横たわった患者に声をかけながら採血をする。肌寒いシーツの足元に湯たんぽを入れ、柔らかいモコモコのクッションを手渡すと患者の顔に笑みが浮かんだ。

「温かい……」

「よかった、そのクッションも柔らかくて癒されますよね。病棟の迎えが来るまで眠られたらいいですよ」

「はい。あの若い先生、本当にいい先生ですね」

「合田先生は若いですが、とても経験豊富な先生です。気になることがあれば、相談に乗ってくれると思いますよ。安心して入院なさってください」

「はい。本当に……ありがとうございます」

「あとでまた来ますからね」

美月は、検査室に検体を持って行く途中で、合田に声をかけられた。

「山川さんと組むと、スムーズにいくね。サンキュ」

「えっ？」

初めてのタメ口、初めての普通の会話、初めての嫌味じゃない本音。

初めて三連発の次は肩をポン……。合田の態度に若干戸惑いながらも、美月は嬉しさを隠しきれない。我ながら単純だと思うけれど、検査室に向かう美月の足取りは急に軽くなり、その口元は緩んでいた。


「師長はいますか？」

サクサクと仕事が進み、昼食を終えたのが午後二時。合田から電話が入ったのは、食後のお茶を救急のスタッフルームで飲んでいた時だった。

「師長、合田先生からです」

美月が声をかけると、師長はすぐに立ち上がった。

「はい。はい……あっ、はいっ」

電話に出た師長の表情が厳しくなったので、美月たちも身構えてしまう。

「事故ですか？　……はい。整形外科の医師も念のため呼びますか？　あ、はい……はい、わかりました……」

合田との電話を終えると、師長がバタバタと動きはじめた。

「救急車で、事故の患者が一名来ます。車の自損事故らしいわ」

「はっ、はい」

周囲に急に緊張が走り、美月は片づけもそこそこに休憩室を出た。遠くにサイレンの音を聞いた気がして、ストレッチャーをセットする手が震える。武者震いだ。

救急棟の自動ドアのガラス越しに救急車が見えたので、医師を呼ぼうと振り向くと、既に合田がスタンバイしていた。うしろに研修医を従えている。

ストレッチャーで運ばれてきた患者は、ありがたいことに普通に受け答えができて、外見上では出血も見られない。一瞬拍子抜けしたけれど、もちろん何もない方がいいのだ。

「お腹を強く打ってしまって、ちょっと痛いんですよね」

そう言って目を閉じる。それを聞いた合田が、バイタルを測っている最中にも関わらず、患者の腹部を触診しはじめた。

腹部を押すと、鋭い痛みがあるようだ。患者は顔をしかめて痛い！　と言う。合田はハンディ式の超音波検査をその場で行い、すぐに血液検査と造影CTをオーダーした。

あっという間に検査のてんこ盛りだ。造影CTの副作用についての書類を見せ同意書にサインをするように言うと、あまりの急展開に患者自身もさすがに面食らっている。

「そこまでしなきゃいけないんですか？　僕、今日六時から用があるんですけど……」

そりゃそうだ、正月だから用事もあるだろう。しかし、それとこれとは話が別だ。患者には緊迫感がまるでない。一方、超音波検査で首を傾げていた合田の表情は臨戦態勢になっている。

美月が「念のためだ」と患者をなだめようとしたその時、合田が言った。

「下腹部を強打した場合、数時間後から一日くらいあとに突然ショック状態に陥ることがあります。内臓破裂でね……超音波検査の結果それが疑われるので、造影剤を使って詳しく検査することにしました」

「なっ、内臓……⁉」

事の重大さを知って、一瞬にして患者が大人しくなると、合田は美月に目配せをした。

「さあ、何もなければそれでいいんですから、寝たままレントゲン室に行きますね」

「僕……大丈夫なんでしょうか……」

患者が心細そうに呟いた。

「大丈夫ですよ。いい先生がついていますから安心してください」

患者に励ましの言葉を掛けると、美月は急いでCT室に向かった。すぐうしろにいる合田に小声で話しかけた。

「さっき腹痛の患者さんも来ていましたけど、いいんですか？」

「いい。医局でブラブラしていた研修医に任せてあるから」

二十分後、造影ＣＴの結果が出た。残念なことに、合田のカンは当たってしまった。腹部を強打したために、小腸の一部に小さな穴が開いていたのだ。患者に病状説明をしたところで緊急オペが決まり、合田は麻酔科医と自宅で待機している外科医に直接連絡をした。そして、救急棟に残した研修医を指導する医師が必要なため、無理を聞いてくれる外科医にも連絡を済ませた。

「さて、行きますか」

合田の言葉に、患者は青い顔で頷いた。

「痛いですか？」

美月が尋ねると患者は小さく頷いた。

「だんだん痛みが増しています。病院に来た時には、それほどじゃなかったのに……」

「心配だとは思いますが、優秀な合田先生が執刀しますから大丈夫ですよ」

そう患者を励ました美月は、家族の連絡先を聞くと直ぐに日直事務へ電話をした。

ここからは時間との競争だ。いつ急変してもおかしくない状態だと判断した合田は、ＣＴ室から直接オペ室に患者を移動することにした。合田の指示の下、ストレッチャーに横たわる患者を、共にエレベーター前まで運んだ美月は、彼らが乗り込むのを見届けると救急棟へ急いで戻った。師長は日直事務と一緒にオペ要員に召集を掛けていることだろうし、研修医は指導医がおらず心細い状態で救急室にいるはずだから、自分ものんびりしているわけにはいかない。

「あっ、山川さんっ！」

美月が救急室に入ると、研修医がひとりで患者に聴診器をあてているところだった。すでに涙目になっている。

「山川さん、僕……」

「先生、指導医がもうすぐ来ますから大丈夫ですよ。私は患者さんのバイタルを取りますから、先生はカルテにオーダーをお願いします」

腹痛の患者は、若くオドオドした医師に不安そうな表情を浮かべている。患者を落ち着かせるよう努めて冷静に経緯を説明した美月は、バイタル測定をはじめた。


「はあーっ」

三十分後、救急棟のスタッフ一同は、安堵のため息をついた。指導医が到着して、研修医は神妙な顔つきで診察にあたっている。オペ要員も続々とやって来てエレベーターに乗り込み、今のところ待合室にいる患者は一名だ。とりあえず山は越えた。

美月は、オペ室にいる患者を思った。少し前に麻酔科の奥田医師が上ったから、今頃は麻酔がかけられている最中だろうか？　オペが間に合わず腹腔内で大出血などがあれば、失血性ショックで大変なことになっていたことだろう。いきなり血圧が低下し、意識を失い、やがて敗血症となり、そして……。

思わず最悪の事態を想像し、美月は気持ちを切り替えようと頭を振った。今日の手術は大丈夫、大事には至らないだろう。それに合田がオペをするのだ、きっと患者は助かるはず。それにしても、すぐに患者を家に帰さなくてよかった。

合田が引き留めなければ、患者は帰宅後に死亡していたかもしれない。美月は改めて、自分たちの仕事が常に死と隣り合わせにあるということを実感した。

午後六時、怒濤の正月日直が終了した。

研修医はオロオロしながらも、頑張って合田の穴を埋めた。ヨレヨレになって医局へ戻る研修医に声をかける。

「センセー、お疲れ様でしたー！」

美月の声かけに、ニヘラーと笑う医者の卵。『よしよし、これからも頑張るんだよ』と心の中で応援する美月は、すでに母親目線になっている。でも、今からそれでいいの？そんな自分に突っ込みを入れながら美月はロッカールームへ向かった。

「山川さーん！　山川さん、これどうしよう？」

追いかけて来た夜勤看護師の手には黒いスマホがあった。

「ん？」

「診察室に置きっぱなしになっていたんですけど、合田先生のじゃないかって……」

「あ、じゃぁ研修い……」

しかし、研修医の乗ったエレベーターはドアが閉まり、すでに上昇していた。仕方がない。

「私が医局に持っていきます。合田先生のスマホに間違いないんですね？」

「本体とカバーが愛想のない黒のスマホって、まちがいなく合田先生のだって事務当直が言っていました」

ならその人が持って行ってくれればいいのに……と思ったが口には出さない。我慢、我慢。エレベーターで五階まで上がって、渡して、降りてくればいいのだ。それでも、美月の脳裏には、つい数週間前の合田との一件が蘇った。合田本人が何もなかったかのように知らん顔をしているので、美月もあえて騒ぎ立てないようにしているけれど、あの自販機の奥でのキスを思い出すと、美月は知らず知らずのうちに、身体が熱くなるのを抑えられなかった。

第七章　飛んで火に入る看護師

美月はスマホを受け取ると、医局へ向かった。

外傷性小腸穿孔（がいしょうせいしょうちょうせんこう）のオペは通常五時間程度はかかるはず、合田がオペ室に向かって五～六時間は経っていたけれど、まだ医局に戻っていない可能性は高い。いなければデスクにでも置いて帰ればいい。

医局に入ると、人の気配がまったくなかった。

誰もいないのだろうか？　エレベーターで上がった研修医や指導医はどこに行ったのだろう。ついさっきまでいた救急の騒がしさと比べると、別世界の静けさだ。美月は少しだけ不安になる。それにしても、今日の合田は本当に素晴らしかった。県外で腕を磨いていた時も、あんな活躍をしていたのだろうか？

合田が救急救命センターで長い間働いていたことは、皆の噂で知っていた。きっとそこは、美月の想像をはるかに超えるほどの修羅場もあったのだろう。そんな世界で合田が頑張っていた頃、ぬるま湯の中で仕事をしていた自分の甘さをふり返って反省しながら、美月はどんどん医局の奥へと進んでいった。行き当たりばったりで探しているので、合田の部屋はなかなか見つからない。悪いことをしているわけではないのに、つい抜き足差し足になってしまうのが自分でも不思議だった。

間もなく、奥まった場所に合田の名前が書かれたプレートを見つけた。

（あ～よかった！　やっと家に帰れる）

美月は小さく三回ノックをしたが返事がない。たぶんまだ手術中なのだと判断して、ドアを開ける。

部屋の中は、カーテンが閉め切られて暗かった。

ギシ……。

床のきしむ音がやけに響く。暗い室内に目を凝らせば、簡易ベッドに横たわる長身の男。美月の胸は大きく鼓動した。

足首から下がベッドに納まりきらずに宙に浮いている。その裸足の指まで長いのが嫌味にさえ思えた。無防備に晒された足首と踝の形がやけにセクシーで、美月はしばし見とれてしまう。

すると次の瞬間、美月の手首は熱い手に摑まれていた。起き上がった合田の肩からブランケットが滑り落ちた。半袖のTシャツから覗く上腕二頭筋に目を奪われる。

合田の真っ黒な瞳が美月を捉えた。

「山川さ……こんなところに……何しに？」

「ひっ……あやっ、ごめんなさい。スマホをっ！」

「スマホ？」

美月は思いっ切り逃げ腰になっているけれども、手首を掴まれていて身動きができず、手にしたスマホを黄門様の印籠のように掲げた。

（ほらっ、ほらっ、私はあなたの寝込みを襲うつもりなど全くないのです！）

と、必死のアピールだ。

「救急棟の診察室に置き忘れていたでしょう？　頼まれて持って来たんです」

「僕のだ。ありがとう」

合田はまだ美月の腕を掴んだままで、おまけにスマホを受け取ると美月のもう片方の腕もがっちりとホールドした。合田に両腕を掴まれた美月の膝は、いつの間にか小さなベッドに乗り上げている。

「あの……離して」

「気のせいかな？　山川さんを僕のベッドで見る機会が最近多い気がするんだけど」

「それは……それは、前回は先生が寝ている私を自宅に連れて行ったから」

「その前もあったよね？」

「その前は……院内旅行で、先生が寝ていたのは、相原のベッド」

「そして、山川さんが潜り込んで来た……そして今日も」

「ひ、人聞きの悪いことを言わないでっ……」

（絶対にこのシチュエーションはマズいっ！　もし今ここに誰かが入ってきたら、言い訳もできないし！）

美月は焦った。「私はただ、合田先生が忘れたスマホを持って来ただけです！」と言ったところで、誰かに見つかれば、噂は翌日には院内中を駆け巡る。絶対にそれだけは避けたい。

美月は合田の手を振りほどこうと、腕に力を込めた。……ビクともしない。

「あの……私をどうするつもりですか？」

合田に尋ねたが返事はない。力を入れるのにも疲れて、一瞬脱力したその時……美月は、いきなり強い力で引き寄せられる。そのまま合田に強く抱きしめられて、美月は完全に身体の自由を失った。

耳に伝わる心臓の鼓動は速く、自分よりずっと冷静だと思っていた合田が、自分以上に興奮していることを美月は知った。

「先生？」

「山川さんが悪い」

「えっ？」

「そんな白衣は反則だ」

そう囁く合田の唇は美月のそれの一ミリ先まで迫っていた。次の瞬間、触れた唇は籠った熱で美月の唇を溶かす。

（また……私ったら、どうしよう……でも……）

美月は、頭の中が真っ白になってしまい、ただ夢中で合田のキスに応えていた。合田の腕はもう美月を拘束していないけれど、それにも気づかず美月は、ただ与えられる快感に夢中になる。短い髪の毛を優しく撫でる掌は頬へと移り、鎖骨から胸元へと下りて行った。大きな掌が美月の胸を包む。合田の掌が与える快感が、じわじわと美月の身体を溶かしていった。胸を撫でていた掌が、腰のくびれを過ぎヒップを撫で下ろす。その間も、合田の唇は美月の長い首筋を味わい、さらに甘噛みした。ピクッと美月の身体が反応する。

やがて合田の細長い指が、美月の白衣のボタンをひとつ、ふたつと外していった。サイズの小さい白衣の中で窮屈な思いをしていた胸元が、プルンと外に飛び出す。あっという間にブラのホックを外され、美月の真っ白い乳房が露わになった。合田が美月の耳元に唇を近づけて囁いた。

「綺麗だ……」

そのまま耳朶を噛まれ、首すじを吸われた。跡がつくかも……などと心配する余裕はすでに美月にはない。裸の胸を愛撫され声が漏れそうになる。つい一時間前までメスや器具を華麗に駆使していた指が、淡い色の頂をまさぐると、そこはあっと言う間に堅くなり、色を濃くしていった。

「あっ……ん、やぁ……」

「シッ。声を出さない方がいいよ」

「そっ……」

冷静な物言いが悔しい。声を出させるようなことをしているのは合田なのに、なぜ美月の方が叱られなければいけないのだろう。愛撫を中断してTシャツを脱ごうとする合田を、美月は恨めしそうに見上げた。

「……悔しい」

「何が？」

笑いながら余裕で美月にキスをする合田に応えてしまう自分を詰りたい。しかし、合田の口づけはとてつもなく気持ちいい。身体に触れられると温かくて蕩けそうになる。唇をなぞられ、美月の口から吐息が漏れた。合田の熱い舌が、柔らかい粘膜や歯列をくまなく探ったかと思うと、優しく舌を絡ませてくる。その舌で美月のそれを強く吸い上げられ、美月はくぐもった声を上げた。

「ん……んっ……んぁっ」

やがて、合田の唇は美月の細い首筋を通り過ぎ、鎖骨に優しくキスを落とした。そのソフトな感触に、思わず美月はため息を漏らす。胸を下から軽く持ち上げられたかと思うと、そのむき出しの先端が熱い唇に包まれた。強く吸われ、快感に身をよじる。

「あ、あっ、ん……はあっ！」

もう、ここがどこかなんて、忘れてしまいそうなほど、合田から与えられる快感は強く、美月は我を忘れて溺れてしまいそうになる。胸の先端を弄んでいた唇は、もう片方の頂に移った。乳輪を舌でなぞり、先端を甘噛みする。胸を愛撫されているだけなのに、身

体の中心からは、トロトロと蜜が湧き出てきて、美月の下着を湿らせた。

「ぁっ、あぁっ……ふぁっ……」

誰かに聞かれてはいけないと、美月は必死に喘ぎ声を堪えようとする。それでも漏れる声に煽られたのか、合田がさっきまでとは打って変わった、少し乱暴な手つきで白衣を脱がせようとした。

「急に自分が不器用になった気がする」

美月の白衣のボタンを、急いで外そうとしながら合田が呟いた。最後のボタンは、焦るあまりに引きちぎられた。

カツン……。

ボタンが床に転がる音が聞こえる。

ショーツだけを残して全てを剝かれた美月は、横たわったまま合田の視線に耐えていた。肩から胸、脇から腰へと指を這わせ、美月を快感に震わせる合田は薄っすらと笑みを浮かべている。ショーツに手を掛けながら、耳元に唇を近づけた。

「さすが筋フェチ、鍛えてるね」

「……」

「憎まれ口を忘れた？　今日は素直でかわいい……」

耳朶を舐められ、ピクッと震えた美月に、合田はなおも囁く。

「ここ……触っていい？　いいなら頷いて」

合田の思うがままにされている美月は頷くしかない。すでにしとどに濡れそぼったショーツの中に長い指が忍び込んだ。

――その時。

「合田先生いらっしゃいます？」

いきなり外で声がしてドアがノックされた。研修医の声だった。

厚みがほんの数センチの薄いドアの内側に、ほとんど裸の美月と合田。向こう側には研修医がいる。その危険すぎる状況に、美月の緊張はマックスに達した。

（うそっ……気を失いそう。どうしよう――）

美月は、一瞬にして青ざめて固まる。そんな美月を抱きしめて背中を撫でた合田は平然とドアの外にいる相手に答えた。

「はい、ちょっと疲れたので寝ています、何か用ですか？」

たしかに寝ている……とも言う。

ウソではないけれども、その言葉が本来意味することと、今自分たちがしている行為は全く別のことだ。

「あっ、はいっ、起こしてしまって申し訳ありません。今日はありがとうございました。あの……お先に失礼します！」

研修医は今日の仕事が一段落したので挨拶に来たのだった。ドアの外の人物が去って行ったことに安堵した美月は、合田から身体を引き剝がした。

少しだけ夢を見ていたような気持ちだった。こんなことをしていてはいけない。小さなベッドの上でブラと白衣をアタフタと探す。

「何をしているんですか?」

「帰ります、こんなこと、私……」

これでは本当に、あの内視鏡室のふたりと同じだ。しかも自分は、数週間前にも自販機の奥で合田のキスに応えたばかりだ。

(私ってば、本当にどうしちゃったんだろう? よりにもよって病院で、こんな恥ずかしいこと、今まで、一度もしたことなかったのに……)

合田が赴任してきてからずっと、美月は自分らしくない振る舞いばかりをしてきた気がする。

(目を覚まして、いつもの自分に戻らなくては!)

美月は、ブランケットの中からブラを見つけると、合田にさっと背を向けた。

「どうして?」

「どうしてって……職場でこんなことをしちゃいけないです」

「なら、場所を変えましょう」

合田の言葉が意外すぎて、美月は思わず振り向いた。いつもとまったく変わらない表情を浮かべ、半裸で側に横たわる合田を、まじまじと見つめた。

「……どういうつもりですか?」

「いや、話は車でしましょう……。とは言っても、その顔で人前には出せないな。着替えを取ってきます。ロッカーのカギは？」

いったい自分の顔のどこがいけないのか？　サッパリわからないが、美月は素直にロッカーのカギを白衣のポケットから見つけ出して渡した。

「待っていてください」

合田が部屋から出てしっかり鍵をかけたあと、ベッドから出た美月は、室内に備え付けの小さな鏡で自分の顔を見た。シアータイプのリップを塗っていた唇は、キスのせいで色がはみ出している。頬は赤く、瞳は潤んで……まるで「私は今、発情期です！」と、声高に叫んでいるようだ。

「なにこれ……」

合田と触れ合ったのはほんの少しの間だけなのに、それが美月に与えた影響は大きかった。その事実が美月を、くすぐったいような、悔しいような……何とも言えない気持ちにさせた。

合田が着替えを持って来るまで身に着けていようと思っていた白衣は、クシャクシャに皺が寄ってボタンもひとつ取れている。床を探ると、デスクの下にボタンが転がっているのを見つけた。急いで拾い上げ白衣のポケットに入れる。次の出勤までにボタンを付けておかなければ、本来の持ち主が困るだろう。

しばらくすると合田が戻って来た。ブラとショーツだけの心細い姿にブランケットを巻きつけただけの美月は、合田の姿を見てホッとする。

合田はまた部屋に鍵をかけると、着替えとバッグそれにロッカーのキーをベッドに放り投げ、美月を抱きしめた。

「なっ……」

抵抗の言葉を最後まで言えない。合田にまた唇を塞がれたのだ。ただのキスなのに、膝が崩れそうな強烈な快感が身体を満たす。互いの熱い粘膜を擦りあわせ舌を絡ませあう。あの嫌味な男がこんなキスをするなんて、それこそ反則だ。

美月をしばらく味わっていたかと思うと、合田は唐突に腕を放した。まだ荒い息をつきながら美月を急かす。

「ごめん、このままじゃ止まらなくなるな……早く着替えて出よう」

そう言ってベッドの側に立つ合田を見上げた美月は首を振った。

「着ます。だけど、見ないで下さい」

口を開け何か言いかけた合田は、渋々頷き部屋を出た。

用意ができた美月が部屋の外に出ると、すでにコートとバッグを持っていた合田が美月の手を取った。大股で歩く合田と、同じ速度で進む美月は小走りになる。ふたりは足早に医局をあとにした。

医局そばのエレベーターは、医師専用なので運よく無人だった。駐車場まで距離はほとんどないが、手を繋いだ姿を人に見られるのは絶対に避けたい。そもそもなぜ合田は自分の手を握っているのだろう？　わけがわからなくて混乱した美月は、合田の手を振りほどこうとしたが無駄だった。駐車場までの廊下を進む間も、手は繋がれたままだ。

「離して……」

「離さない」

「誰かに見られたら大変です」

「そんなに嫌がらなくても……」

合田がからかうように呟き、ククッと笑った。

（笑うなんて……信じられない！）

こんな場面なのに、何故か嬉しそうな合田に手を引かれて、美月は駐車場に向かった。

誰にも出会わなかったのは本当に運がよかった。

車に乗り込んだ美月は、ホッとため息をつく。

合田は、無言でエンジンをかけると、車は夜の街に走り出した。どこに向かうのか、尋ねる必要はなかった。車が花園町を走っていることに気がついた時点で、合田のマンションに向かっていることがわかったからだ。

十分ほど車で走っただろうか、着いたのは合田のマンションの駐車場だった。このマンションはすぐ側に人気のデパートや美術館があり、アーケード商店街にも近い人気物件だ。病院が賃貸契約をするには豪華すぎるので、自分で買ったのだろうかと美月は思った。

合田がさっき「車で話そう」と言ったことを覚えていたので、美月が待っていると合田が意外なことを言い出す。

「僕の部屋に行こう」

「車で話そうって……」

若干非難を込めた美月の言葉は、突然のキスで遮られた。嚙みつくようなキスのあと、強く舌を吸われ、息もできない。やがて合田の舌は、美月の口腔を優しく探りはじめた。

「ん……ぁ」

静かな車内に唾液の絡み合う音が響く。やがて顔を放した合田は美月の唇の輪郭を親指でなぞった。

「また、色がはみ出てる」

病院を出る前に塗り直したシアーリップが、また合田の唇で乱されてしまった……。


「どうぞ、入って」

玄関に入ると、自動的についた間接照明に廊下が柔らかく照らされた。廊下の先に大きめのドアが見える。玄関のすぐ右手にもドアがあり、靴を脱いで廊下を数歩進むと、右手と左手両方にまたドアがある。合田が廊下の先にある大きめのドアを開くと、リビングダイニングが広がっていた。

忘年会の夜に連れてこられた時には、酔いと頭痛のために室内をじっくりと見渡す余裕はなかった。今改めて合田の住まいを見ると、あまりにも広く綺麗だったので美月は驚く。リビングダイニングの左手には、あの夜コーヒーを飲んだアイランドキッチンがある。

「こっちに座って」

美月は大きなソファーを勧められた。ソファーに近づきコートを脱ぐと、ハンガーに掛けるためか合田がどこかに持っていってしまった。美月はコートを人質に取られたような気になってくる。ソファーは明るいベージュで、スリーシーターサイズのオットマンつきだ。腰を掛けるとふんわりとした座面に美月の身体が沈む。

（うわ……）

快適なソファーに腰かけると、美月の気持ちも少しは落ち着いた。なぜ合田は自分にあんなことをしたのだろう？　ちゃんと理由を訊かなければいけない。

それをたしかめたら、一刻も早くここを出ていこう。そうして、やるべきことを数え上げているうちに、やっといつもの冷静な美月が戻って来た。

「すぐに温かくなるから」

エアコンをつけると、合田はキッチンへと向かった。

「コーヒーでいい？」

「はい」

忘年会の夜、泥酔して連れてこられたこの部屋で飲んだコーヒーは、苦みの強い大人の味だった。またあのコーヒーを飲むことができるのだろうか？　美月はカフェイン制限をしていけれど、コーヒーが嫌いなわけではない。

湯気の立ったコーヒーを持ってきて美月に手渡すと、合田はすぐ側に腰をかけた。礼を言いひと口含むと、香味が鼻孔を通じて感覚を刺激する。

「美味しい！　この前のとは違うコーヒーですよね？」

思わず微笑んで見上げた美月に、合田も笑みを返した。

「グァテマラの豆なんだ。コーヒーは好き？」

「はい。好きですけど、飲むのは週一回と決めて我慢しています。カフェインは摂りすぎない方がいいので」

「もしかして、これが貴重な週イチになっちゃった？」

「はい。こんな美味しいコーヒーを飲めたので、今週はもう飲みません」

「本当に？」

「？」

首を傾げる美月に合田はぽつりと言う。

「僕は明日の朝もここで山川さんとコーヒーを飲みたいと思っていたんだけど……」

美月はコーヒーにむせるかと思った。

必死に息を整え、ゴクリと熱い液体を飲み込むと、マグカップをテーブルに置いた。

「合田先生、いったいどういうつもりですか？」

「ふふ、さすが堅物の山川さんだ。僕に説教をする気ですか？」

「そんな……ただお訊きしたいだけです。まさかこれが忘年会での私の失態の『借りを返す』ってやつじゃないですよね？」

　何度も突然のキスや愛撫に応えた自分もバカだが、それ以上を何の合意もなしに求める合田は最低だ。今朝合田が言った、『労働奉仕』がこれだとしたら、今度こそ合田への想いはキッパリと断ち切ろう……。

　美月の剣幕に合田は表情を曇らせた。

「本気で僕がそんな男だと思っている？」

　眼鏡の奥の瞳が、キラッと強気な光を放った。

「だって……突然あんなこと」

「君も応えたくせに僕だけ悪者？　お互いさまだと思うけど」

　理論整然と言い放つ合田は、医師にならなければ弁護士にもなれそうだ。それほど、この男の口撃は相手に反論の余地を与えない。到底かなうはずがないと思って美月は、早々に白旗をあげた。

「私は……バカだから、合田先生にキスをされて、つい嬉しくて行為に応えてしまったんです。でも先生は、私に特別な感情があるからとかじゃないですよね？　私、知っているんです」

「何を？」

「大学時代のこと……きっと先生は覚えていないと思いますけど、私の友達が合田先生に告白をした時、セフレなら募集しているって……もし、私のこともそう思っているとしたら……」

「悪いけど、その友達のことは憶えていない。でも、セフレ云々のセリフは断るときの僕の常套句だったんだ。時々見ず知らずの女の子が、勝手に思い詰めて告白してくるから面倒くさくて」

「さいてい…」

「うん、最低だね。ところで……」

「なっ、何ですか」

美月は急に顔を近づけてきた合田から逃れるように身を反らした。

「バカだから嬉しくて……の意味、ちゃんと説明してくれないかな？」

「そんなこと言いました……か？」

「僕は耳と記憶力が、すごくいいんだ」

合田の顔はすぐ側まで迫っていた。どうしていいかわからなくなった美月は、とっさに頭を抱えてうずくまった。

すると……美月は頭ごと合田の温かい身体に包まれた。顔を上げると目が合う。何となく眼鏡の奥の目元が笑っているように見えるのは気のせいだろうか？

「僕が好き？」

あまりにも単刀直入な問いかけに美月は戸惑う。素直に答えていいものか、とっさに判断ができない。それでも、自信満々の合田に追い詰められて観念した美月は、小さくコクリと頷いた。合田は美月の肩に手を添えると、そっと睫毛に唇を近づけた。温かい吐息が睫毛をかすめる。こんな繊細なキスは初めてで、どうしていいかわからない。すると今度は唇が目じりを掠めた。唇へのキスも好きだが、睫毛へのキスは何故か特別大事にされているような気になる。それが、たとえ錯覚でもいい、もっとキスしてほしい……。そんな風に合田を求める自分の気持ちを持て余しながら、美月は目を閉じていた。

美月の想いが通じたのか、合田の唇は目じりからこめかみを伝い、額へと這う。目を閉じたままの美月の、もう片方の瞼へキスを落として合田は囁いた。

「いつから僕を好きだった？　どれくらい好き？」

合田はかなりシツコイ性格だ。よく言えば根気強いとも言える。仕事への姿勢や日々の言動で、そのことは美月もわかっていた。でも……こんな場面でもその性格を発揮するとは思ってもいなかった。きっと美月が正直に答えるまで、何度も尋ねてくるのだろう。返事を待たせているうちに、合田の唇は美月の感じやすい首筋に移っていた。

「……っ……んっ……」

美月が首すじのキスに喘いでいると、合田が言った。

「返事しないとココ……噛みつくよ。バンドエイドでも隠せないほどの痕が残っちゃうかもしれないけど」

コイツならやるな、観念した美月は正直に答えた。

「十八歳の時から。大学のオリエンテーションで出会って、ひと目ぼれでした。ずっと好きだったんです……どのぐらいって言うのは言い表せません。もうこれで許してください」

「……っ、やった！」

　突然合田が声を上げてソファーの背もたれに倒れ込んだ。そして、再び身体を起こすとあっけにとられている美月の手を取った。

「ありがとう。その言葉をずっと待っていたんだ」

「はぁ……？？？」

「さあ、行こうか」

　合田は美月と立ち上がると、リビングから廊下へ出た。その足は玄関へ向かっている。

（えっ……もしかしてこのまま帰されるの？　本当に？）

　美月は泣きそうになった……すでに涙が零れてしまって、泣き顔を隠すために俯いているが、そんなことなど思いもよらない合田は、寝室に入るように美月を促す。照明をつけた途端に、美月の涙を見てギョッとした。

「えっ⁉　どうしたの？」

　美月の瞳からは、涙がポロポロと零れていた。いつもは冷静な合田も、美月の泣き顔を前にしてオロオロしている。

「私、帰されるんだと思って」

「いや、そんなことしないよ。ここ寝室だし！」

「だって……いきなりキスを止めて廊下に出たから……」

「せっかく言質を取ったのに、そのままあなたを帰すわけがない」

そう言うとベッドの上掛けをめくり、そっと美月を横たえた。

げんちってなに？　言質って……。美月は混乱したが、だんだん意味がわかってきた。そうか、自分の「合田を好きだ」という言葉を聞き出したくて、首に噛みつくと脅したのか……。合田からはそれに対する返事ももらえないまま、なしくずし的に身体を合わせるのはどうなんだろうと思ったけれど、とにかく今夜はこのまま抱かれたいと、美月は心の底から思った。

横たわったままで合田を見上げる美月の身体の芯から甘い期待がジワジワと湧き上がってきた。帰宅後すぐにエアコンをつけておいたのか、寝室は温かい。合田はシャツを脱ぎ眼鏡をサイドテーブルに置くと、美月の傍らに膝をついた。

「医局での行為の続き……ですか？」

その問いに笑った合田は、美月の洋服のボタンを丁寧に外しはじめた。かなり楽しそうだ。

「今夜は帰らなくても大丈夫？」

そんな風に美月の心配をする余裕もある。

「はい、冷えた部屋が待っているだけですから」

変な下着を着けていなくてよかった……。そんなことを美月が考えていることなど知らず、合田は美月をだんだん裸にしていく。ブラを外し胸が現れると嬉しそうに微笑んだ。

　目を近づけたり離したり、いろいろな角度でその情景を楽しんでいたかと思うと、ふと美月に尋ねた。

「写真を撮ったらダメ？」

「だめ」

　美月の即答に合田はわかりやすく項垂れた。

「だよね……まぁそこは追々……」

「追々って、永遠にないし！」

　キツく返した美月もつい笑ってしまう。合田の変人ぶりが新鮮で楽しいのだ。胸が大きいことは長年美月のコンプレックスだったけれど、合田が喜ぶなら、大きいのもいいかも……とさえ思える。そう思った美月は何の気なしに尋ねた。

「……好き？」

「好きだよ。美月のことをずっと好きだった。卒業してから腕を磨くために救急の専門病院を転々としたけど、ずっと美月のことが忘れられなかった。地元に帰ったのも、美月があの病院にいると知っていたからだ」

　至近距離で、美月の目を見つめながら告白をする合田の表情は優しい。眼鏡を外した涼しい目元を見つめていると、十八歳の頃のまだ青い合田が見え隠れする。

……そんな返事を期待していたわけではなかった。それなのに、合田は正直に思いを口にしてくれた。美月は、嬉しさで胸がいっぱいになる。

「じゃあ、追いコンでのことも憶えてますか？」

「憶えているよ。僕は美月に彼氏ができたんだと思って、勝手に荒れてひどいことをした」

「知らなかった……でも私、それほどひどいことをされたとは思っていなくて、初めてのキスだったから、むしろ強烈な思い出というか……」

「えっ⁉」

合田が絶句した。そして、その後美月をギューッと強く抱きしめた。

「初めてって……本当に？」

頷いた美月に、合田は強く口づけた。舌を持って行かれるかと思うくらい強く吸われ、粘膜がこすれ合う。キスの合間にも、合田は美月の名を何度も呼んだ。

「俺、昔から美月のことになると意識しすぎて、おかしくなるんだ」

「私もかも……。だから、他の人みたいに素直に接することができなかったんだと思います。自分にも自信が持てなかったし」

「俺さぁ、自分から誘って断られたら立ち直れないから、先輩に頼んで美月を誘ってもらってたんだ。覚えてる？　よくコンパに誘われただろう？　なのに、美月はいつもつれないし……何度も心が折れそうになってたよ」

美月のうなじに羽のようなキスを落としながら、合田がポロリと白状した。それを聞いた美月は、びっくりして言葉が出ない。

「うそ……」

「嘘じゃないよ。俺、あの先輩にだけは頭が上がらないな。おまけに、いつも美月の視界に入りたくて、学部内をウロウロしたりさ、何気に健気だったんだ」

「あんなに人気者だったのに？　いつも友達を引き連れて闊歩してた合田先生が？」

「それはまぁ、カッコイイとこを見せたいって言うか……」

「ごめんなさい。私、全然気がつかなかった」

合田の告白は、美月にとってはかなりの衝撃で、嘘偽りのない言葉は、美月を喜びで満たした。あんなに悩んだ学生時代、実はお互いに想い合っていたなんて……。早く知っていれば、もっと素直になれたかもしれない。美月は、あの頃の自分の気持ちを思い出すと、切なさが胸に溢れた。あの追いコンで強引にキスをされた時も、合田を突き飛ばして逃げてしまったけれど、あの時逃げなければ、何かが変わっていたかもしれない。

「美月……俺のモノになって。もう離したくない」

「……え…っと、なんだかすぐには信じられませんけど……嬉しい……」

今度こそ後悔したくない。合田を信じたい……。頷いた美月に、合田は言葉を続けた。

「今日もコスプレみたいな白衣姿を見せつけられて、息が止まったよ。死ぬかと思った」

そう言うとブルンと揺れる胸を掌で包み、親指で淡い色の頂をいたぶりはじめた。

「あぁ……」

鼻にかかる声が恥ずかしい。手で顔を隠し喘ぐ美月の乳首が掌よりも熱いものに包まれた。そのまま舌で転がされちゅっと吸われる。

「あ、あっ、ん……はぁっ」

声を我慢しようとするのだけれど、気持ち良すぎて自然に漏れてしまう。あまりの快感に目を閉じていた美月は、顔のそばに合田の息づかいを感じた。すぐに唇が落ちて来て、美月はそれに応える。チュッチュッとついばむようなキスのあと、強く唇を押し付けられて首がうしろに傾く。合田の両手が後頭部を優しく支えて、キスが深くなった。合田とこうして何度も唇を合わせてみると、合田の匂いやキスの味は、なぜかいつも美月をうっとりとさせることがわかる。

（ナントカホルモンのせいなのかな？）

頭の隅で考えたけれど、すぐにそんな余裕は消えてしまった。美月の短い髪の毛は合田の手でクシャクシャに乱れ、唇は甘く解けて……。きっと今の自分は、恥ずかしいほど快楽に蕩けた女の顔をしているのだろう。美月はいつまでもキスを続けて欲しくて、合田の髪の毛に指を這わせ、首のうしろに手を回してしがみついた。

長く深いキスのあと、合田の唇が離れると美月は不満の声を上げげた。

「ん……もっと」

「ふふ……あとで……」

合田は低く笑いながら美月におあずけをした。そして、すでに全裸にしていた美月の腹部を人差し指でツ……となぞった。

「腹直筋、きれいだね」

そう言われて、美月は内心嬉しくてたまらない。でも、褒め言葉に慣れていないので、つい素っ気ない返事をしてしまう。

「そ、そう？」

そんな美月の縦に割れた溝を、合田は舌を使って舐め上げた。快感に身体をくねらせた美月に気をよくした合田の舌は、乳輪を舐め首筋を登る。大きな掌にも余る美月の胸をややわやわと揉みしだき、一方の手の長い指は、柔らかい茂みを這い回った。その指が、蜜をたたえた美月の中にくちゅりと入り込む。最初は浅く、ゆっくりと抜き差しを繰り返していた指は、クチュクチュと淫靡な音を立てながら、次第に美月の奥深くまで入ってきた。根元まで埋め込まれた指を中で動かされると、恥ずかしくなるほどの水音が漏れる。

「……やっ、はず……かし、い……あぁっ」

美月は蜜を滴らせながら、声を上げて身をよじった。合田が満足そうに笑う。

「すごくいやらしい音……美月、こうされるの恥ずかしい？」

「はず、かしいっ……ん、でもっ」

「でも？」

「ん……好き……気持ちいぃ……」

合田の手で奏でられる〝気持ちいいこと〟をもっと知りたい。もっともっとキスして、私の全身を味わって、感じるところを探ってほしい。合田の熱い肌や唇、長い指、全てが美月には心地よかった。

合田の掌が膨らんだ花芯を掠める度に美月の身体はビクンと跳ねる。身体の奥に入り込んだ長い指にはねっとりと蜜がまとわりつき、指が動くたびに音を立てて滴り落ちて来た。クチュクチュクチュリ……。その、いやらしい音が美月の興奮をますます煽る。合田の指が奥の壁を擦りあげ、中がかき混ぜられる。

「あっ……あ、や……そこっ……あぁっ……」

一番感じるところを攻められて、自然に反応する身体を制御できない。快感が背筋を登ってきて肌がゾクゾクッと粟立つ。合田の指は美月が感じるところをちゃんとわかっていて、そこを執拗に攻めてくる。とめどないその指の動きは、美月に辛さと快感の両方を与え続け、腰が勝手にせり上がってくる。堪えようと思っても、甘い声が漏れてしまう。一旦指が抜かれ、またゆっくりと入ってくる。中を広げながら押し入って来る指にまた中を擦られ、美月は身体を震わせた。

「っは……ぁん……はっ、あぁ……っ」

美月の甘いため息に、合田がニッと笑う。

「指の数が増えたのがわかる？」

「う……ん……わかっ、る……。あ、やぁっ」

中で指をクイッと曲げられ擦られると、美月の腰はまた震えだす。重苦しいような刺激を感じていた場所から甘い感覚が膨れ上がってきて、美月はさらに声を上げていた。

「ひっ……やぁ……ぁぁっ……！」

「あぁ……美月、すごく締めつけてくるよ……」

「そん……な、あっ……ひ……」

いつも病棟で見ていた合田の長い指が、自分の中をかき回していると思うと、美月はひどくそそられた。この指が自分を触ることを夢想した時もあったのだからなおさらだ。おまけに一番感じる場所を早くも探り当てられ、執拗に攻められて、美月は激しく反応した。

「ひぁっ、あっ、あぁ……っく……」

愛液を滴らせながら、美月の腰はビクビクと痙攣する。快感のあまりビクつく腰の動きを止めることができない。自分の姿が卑猥で、ひどく合田を煽っていることなどにも、まるで気がついていない。

「美月、美月……」

美月が絶頂に達しそうになると、合田は唇を塞いで美月の舌を吸い上げた。痺れるような快感が美月の身体を突き抜けていく。苦しい息の中で、美月は合田のキスに夢中で応えていた……。

「ああもう……俺もイキそう」

合田の呟きが聞こえた。美月は挿入してもいないのにイカれては困るとは思ったが、自分が合田をここまで追い詰めているとわかると嬉しくてしかたない。

「やだ……」

合田の熱い身体が離れた途端、美月はすぐに寂しくなって手を差し伸べた。

「待ってて」

合田はそう言うと、サイドテーブルの引き出しから取り出した避妊具を素早く装着した。美月は合田の様子を、恥ずかしそうに見ていたが、合田と目が合うと、ふんわりと微笑んだ。その表情を見た合田が、感極まった声で言う。

「美月、可愛い！　どんなグラドルよりもそそられるよ」

「え、そ、そんな」

横たわる美月に覆いかぶさった合田は、愛液で滑る入り口に屹立を押し付けた。すると美月が「はぅ……」と甘い吐息をつく。その声を聞いただけで、合田はイキそうになる。腰をゆらせて柔らかい秘部を擦ると美月の腰がまた動きはじめた。はやる心を押しとどめ、大きくゆっくりとした動きで少しずつ進む。ほんの少しだけ挿入すると、美月が眉をひそめた。

「痛い？」

首を振り美月が涙目で笑う。

「ううん……嬉しくて、きも……ち、いい……」

「美月、どうしてそんなに可愛いんだ……もっと？　もっと気持ちよくなりたい？」

コクン……と頷いた美月は、ギューッと抱きしめられ唇を塞がれた。そろりと侵入してきた舌に、優しく口腔を撫でられる。クセになりそうな合田のキスを受けて、美月は思わず声を漏らした。

「はっ……んっ、はぁっ……」

舌を絡ませ強く吸われて息ができない。でも唇が離れると寂しくなる。そんなキスに夢中になっている間に、合田の掌は美月の胸をやわやわと揉みしだく。先端が掌で擦られて、美月の背中をゾクゾクと震わせた。

「……あっ……きもち……い、……ぁんっ」

胸への愛撫で、美月の中はますます潤んで熱を持つ。十分すぎるほど潤んではいるけれど狭いその中を、合田の屹立はゆっくりと進んだ。美月は身体を開きながら、合田の腕にしがみつく。

「っ、くっ……」

自分の中が、固く重い質感に満たされていくのを感じて、美月の胸も甘く満たされた。すべてが中に納まると、合田がブルっと身体を震わせる。つながったまま、何度もキスを落とされて、微かに開いた唇からまた舌が差し込まれると、美月は待っていたように舌を絡めた。

「辛い？　動くよ、いい？」

「……大丈夫……」

ゆっくりと合田が動くと、美月の腰が上下して甘い声が漏れはじめた。

「んっ……んっ……っあ、ぁっ……あぁん……」

美月のいいところを探るように、少しずつ角度を変えて押し入ってくる。グイッと腰を深く沈めるように突き上げられ、美月の腰がピクッと跳ねた。

「あっ、あ、やぁっ……」

「あぁ……美月、ここがいいんだね？」

身体の反応でわかるから聞くまでもないのに、美月の声を聞きたくて合田は問いかける。

「んっ……はっ、ぃ、いっ……で、すっ……」

一番感じる場所を何度も突かれ、美月の声が切迫したものに変わった。膝が折り曲げられて、より深く密着する。互いの肌が擦れあう音や、喘ぎ声、淫靡な水音が寝室を満たした。

「せん……せい、あんっ……すき……すきっ」

「美月……っ」

美月の言葉で、合田の屹立がさらに固く重量を増し、潤みきった中を激しく突き抉る。

「はっ……あぁん……おおき、い……あぁっ……」

「……っ、くっ、美月……締めすぎ……俺、イキそう」

打ち込まれるたびに美月の白い胸が揺れ、赤く染まった先端が合田を誘う。指で強く摘むと、美月の中がキューッと締まって、合田が息を吐いた。

「……っは、……美月……」

さらに深く、子宮の入り口を突かれ、美月は息もつけない。

「はっ……はぅっ、……ぁん」

きゅうきゅうと締めつけられて、合田はもう持ち堪えられそうになかった。

「くっ……持っていかれ、る……」

合田の激しく速い動きに合わせて、美月の腰もガクガクと揺れた。

「あっ！　あっ……そこっ……あ、いやぁー」

身体の奥から、波のように何度も襲ってくる快感に、美月は完全に呑まれてしまった。

強すぎる快感が弾けて、身体が弓なりになる。

美月の中の激しい締めつけに、我慢の限界がきた合田は、ついに精を放った。

第八章　暴走するイケメンの悲しい性（さが）

どさり……と落ちて来た合田の身体を美月はギュッと抱き締めた。

「合田先生……すき……大好き」

合田への想いを我慢する必要がなくなって、美月は解き放たれたような気持ちになっていた。だから、〝好き〟という言葉も素直に言うことができる。合田はその言葉を噛みしめながら歓びに浸っていた。しかし、そんな歓びも束の間……美月が好きすぎて、どこかオカシくなっているために、意味もなく互いの想いの強さを競いたくなってくる。

「美月……ようやくその言葉が聞けて、嬉しいよ。でも、俺の方が何十倍も美月が好きだと思う」

「……比べる必要はないと思いますけど……。でも、嬉しいです。ありがとう」

今の美月は、合田の屁理屈がまったく気にならない。互いに想いを伝えあって結ばれたのだから、細かいことはどうでもいいのだった。今はギュ－ッと抱きしめられて眠りたい。そんなことを思った美月は、合田にお願いをした。

「先生、もっとギュッとして……好き……」

美月の願いどおりにギューッと強く抱きしめた合田は、熱に浮かされたように呟く唇を探してまた口づける。深く甘い、蕩けるようなキス。いつも美月には一歩引いた態度だったこの男が、今日豹変した。自分を好きだったことを、何故今まで隠していたのだろうか？　そこが気になって仕方なかったけれども、美月はとにかく幸せに満たされていた。おまけに疲れ切っていて、睡魔に抗えそうにない。そうして合田に抱きしめられながら、心地よい眠りに落ちていこうとしていた……。すると、腰の辺りに何か硬い物が当たっているることに気づいて、ハッとする

「あのさ……美月……いい？」

「……ん……えっ、もう⁉」

自分と一緒に寝落ちするのだと思っていた合田が、美月にグイグイと腰を押しつけていた。

「ダメ？」

果ててからわずか十分少々。自分の高まりをアピールしながら、もう一度と美月に許しを請う。

「ううん……いい……ですよ」

美月が言うと、秘所に顔を近づけて言う。

「ずいぶん擦れて赤くなっているけど、大丈夫？」

「ん……大丈夫……。やっ……そんなに見ないで……」

大丈夫だと答えたものの、それ以上自分の恥ずかしい場所を見つめられたくなくて、美月は膝を閉じようとした。しかし、〝美月大好き病〟を隠す必要がなくなった合田に、もはや怖いものはない。目の前で閉じられそうになった膝を、ガシリと掴んで開き固定すると、美月が隠しておきたかった場所に顔を近づけペロリと舐め上げた。

「んきゃ！」

びっくりした美月の声が、さらに合田のツボを突く。

「美月、かわいい」

合田はうっとりとしながら、美月の柔らかい腿の内側に顔を埋めた。そして、生クリームを舐める猫のように、蜜で潤む場所を何度も舐め続けた。

「ああっ……あっ、そこ……ダメッ！」

「美味しいよ、美月」

「やぁ……っ、そんな……おいし……く、なんて……あぁんっ……だめぇー」

「だめじゃないって」

真っ赤に腫れ上がった蕾を甘噛みされた上に音を立てて吸われ、美月は首を振りながら喘いだ。とろとろに蜜を溢れさせているそこを、超至近距離で合田に見られていると思うと、恥ずかしくてたまらない。次々と押し寄せる強い快感に、頭がおかしくなりそうだ。

その上、蜜壷に舌が侵入して来たので思わず両手で合田の頭を押しのけようとした。

「あっ、やっ、そんなトコまで……やめっ……」

合田の顔が離れたので安心したのも束の間、次の瞬間長い指が中に入ってきて、美月は思わず腰を浮かせた。

「ひぅっ……」

ピチャピチャ……クチュクチュ……合田が奏でる卑猥な音が、美月の興奮を煽る。長い指が中を掻き乱し、さらに赤く充血した蕾を舐められ吸われて、身体が痙攣した。

「あんっ……やっ……あぁーっ！」

全身に電流が走って、身体が弓なりに反りかえった。美月は首をのけぞらせながら、かすれた声を上げる。自分を呼ぶ合田の声が少し遠くから聞こえた気がしたから、一瞬だけ意識を手放していたのかもしれない。

「美月……イッたの？」

「あ……う、ん……意識が飛んだみたい……」

「美月が可愛すぎて、俺、ちょっと止まれないみたいだ。ごめん……」

「……ん、ぇ？……」

果てたまま美月が横たわっていると、いつの間に避妊具を着けたのか、合田が力の抜けた美月の膝を持ち上げて性急に入って来た。

「ひあっ……！」

「……美月の中、あったかくてメチャクチャ締まって、気持ちいいよ」

「やだ……んっ……あぁっ……」

合田に貫かれながら、美月の頭はどんどんベッドのヘッドボードに押し上げられていく。コツンと頭が板に当たって、美月は頭を守るために手を伸ばした。それに気がついた合田が、繋がったまま美月の背中の下に手を差し入れ、いとも簡単に美月の身体を抱き起した。

「きゃ……」

「ごめん、痛かった?」

「……ううん……」

美月は繋がったまま合田と向き合う恰好になっていた。欲情のためか、目の下をほんのりと赤く染めた合田の艶めく顔を見ていると、美月の背中にゾクゾクと興奮が走った。十分満足していたにも関わらず、繋がった部分がまた、じんわりと潤んでくる。合田が腰を動かしはじめ、下から突き上げられて美月は声を上げた。

「はぅ……っ……はっ……は、やぁ……」

何度も激しく突かれ、しっかり肩にしがみ付いていないと振り落とされそうになる。一度達した後の下半身は、愛液まみれで異常に敏感になっている。耳朶をなぶられ軽く噛まれて、また背中がゾクゾクと震えた。怖いくらいに感じる。美月は、自分がまた急速に昇りつめていくのを感じた。

「はぁん……はっ、……はぁっ……感じすぎ、……っ、あぁん!」

「美月、もっと感じて……」

合田に触れている肌すべてが快感に震えた。敏感なのは下半身だけではない、汗で濡れた胸の尖りが合田の肌を突くたびに全身に快感が走る。

「はぁっ……は……っ……んっ……」

合田の言うとおり、美月はもっと快楽を貪りたくなって、突き上げる合田の動きに合わせて腰を動かしはじめた。中がキュンキュンと締まって、熱い楔を締めつけているのが、自分でもわかる。

「……んっ……ぁんっ……はっ……」

感じやすくなった自分を制御できなくて、美月は気が遠くなりそうだった。それなのに、快感の波は次から次へと押し寄せてくる。

「はっ……はっ……あぁっ……」

「あぁ、美月……」

名を呼ばれて目を開けると、苦しそうな表情の合田と目が合った。

「美月、すごくいい……俺、もうイキそう」

「ごうだ……せ……私もっ……い……っちゃ、う……」

唇が食まれ、舌が絡まる。激しく吸われ、息も絶え絶えになりながら、互いに下半身を擦りあわせた。まるで動物のように夢中で。

「美月っ……美月」

合田が切迫した声を発し、美月を強い力で抱きしめた。美月の中で合田の固い屹立がさらに容量を増し、ビクンビクンと痙攣したのを感じたその時、届きそうで届かなかった大きな波がやってきて、美月は頭が真っ白になった。

「あっ、ああっ、あぁぁ…………」


「……美月？」

我に返った美月を抱きしめたまま、合田が心配そうに声をかけた。

「先生、私……」

「激しくイッた？」

「そ、そんなこと、訊かないで下さい。もうっ……恥ずかしい」

「恥ずかしくなんかないよ。ちゃんと聞きたいんだ、美月の口から」

「……うっ。わかってるくせに」

「めちゃくちゃ良くて、イッたんだよね？」

そう言いながら美月の胸をやわやわと弄る合田。頂を指で摘み、少しだけ力をこめる。

「あっ、やぁ」

まだ繋がったままの敏感な場所がピクピクッと蠢いて、美月は快感に身を震わせた。

「美月、そんな風に締めつけられたら、俺また大きくなっちゃうよ」

「やっ、やだ。もう！」

「やだって、何気に傷つくなぁ」

そう言いながらも嬉しそうに笑う合田の表情は、自然な笑顔だった。その顔を見ただけで、美月は胸がいっぱいになる。

美月から身体を離して起き上がる合田の様子を、横たわったままボンヤリと見ていると、合田が立ったまま言う。

「美月、風呂に入る？」

「え、あの、いいんですか？」

「何を遠慮してんだか。俺たち身体中こんなだし、美月は大事なところをちゃんと流さないと」

「あ……」

「雑菌が入ると膀胱炎になるだろ。ビデで流しておいで」

「あっ、はい。お借りします」

医学の知識がありすぎるのもなんだか無粋だと思いながら、美月は言われるままトイレに向かった。そして、ふと気がついた。合田が自分の名前を自然と呼んでいたことに。そして、合田の口調が病院にいる時とは全然違って、いつの間にかくだけたものに変っていることも……。それに違和感をまるで覚えなかった自分は、本当に合田の恋人になれたのだと実感した。

風呂に先に入っていてと言われ、美月は素直に従う。ボディーソープで身体を洗い流し、広い浴槽に身を沈めるとホッと安堵のため息が出た。

落ち着いて自分の身体を点検すると、いたるところが赤く染まっている。胸はうっ血している箇所があるし、乳首の色はいつもより濃く、触ると痛いくらい敏感になっていた。恐るおそる下半身に手を伸ばしてみる。沁みて痛みを感じるほどではなかったので安心した。

そうして自分の身体を点検していると、浴槽の扉がカチリと開いた。

（えっ、うそっ）

合田が全裸で浴室に入ってきた。息をのんだ美月は口をパクパクさせ、合田を凝視してしまう。

「美月、湯加減どう？」

「はっ、裸！」

「何言ってんの？　風呂に入るんだから裸になるだろ、普通」

「……」

こんなに明るいところで合田の裸体を見ることに気恥ずかしさを感じつつ、美月は合田の全身から目が離せない。自分の家の風呂に入るのだからと、悪びれた様子もなく、合田はさっさと頭の天辺から足の先までを洗いはじめた。美月はその様子を見つめながら、浴室を出て行くタイミングを窺う。

身体を洗い上げた合田が浴槽に片足を入れた時、美月は思い切って立ち上がった。

「私、出ますっ！」

浴槽から出ようとした美月は、腰を摑まれそのまま湯の中に引きずり込まれた。

「出なくていいから、一緒に入ろう」

「いやっ、だって合田先生、ゆっくりできないでしょ？　私がいたら邪魔だと思います！」

焦る美月を面白そうに見つめていた合田は、美月の脚を摑むと自分の腰に絡ませた。お互いの下半身が交わる、危険な体勢だ。チラッと湯船の中に視線を向けると、合田のモノは、また大きくなっている気がした。

美月の視線に気がついた合田はニッコリと微笑む。

「うれしいな。美月とこんな風にして風呂に入ってみたかったんだ、ちょっと付き合ってよ」

爽やかに言われると、美月は頷くしかない。

「いっぱい赤いところ作っちゃったね。首も跡をつけちゃってごめんよ。背中は？」

「わからないですけど、たぶん大丈夫」

「見せてごらん」

合田はそう言うと、美月の膝を持ち上げクルリとうしろ向きにした。

「うん。背中は鬱血していないよ」

安心した美月が元の体勢に戻ろうとすると、背後から腕が伸びてきて阻まれる。

「おいで」

そのまま引き寄せられ背後から抱かれる形になり、美月のお尻に固いものが押し当てられた。美月の細い首を合田の舌が這う。

「はぅん……」

思わず漏れたため息に、お尻の下のモノがぐんと存在感を増したような気がする。

「ねえっ、ちょっとこれって……」

「黙って。美月にこうするの、俺の夢だったんだから」

美月にすれば、今夜のアレやコレは濃すぎるくらいの行為で、もうお腹一杯なのだが、合田はまだ足りないらしい。美月を羽交い締めにした上にうしろから胸を摑んで赤く腫れた先端を指で摘んだ。

「ひぁっ……」

美月の身体が湯の中で弾ける。これ以上は無理だと思っていたのに、合田に欲情のスイッチを押されると、抗う気がなくなり、されるがままになってしまう。

お尻の下で固くなったモノが腫れあがった秘所を擦り、胸を愛撫され美月は声を上げた。

「……あっ、やぁ、ごうだせ……」

「美月、名前で呼んで、かずなりって。ねぇ、こういう風にされるのって好き？」

「うん、すき……か……く、ん。かずくんで、いい？」

「いいよ。もっと呼んで」

そう言いながら合田の左手は乳房を離れ、美月の赤く蠢く秘所へと伸びた。湯の中で蜜をたたえるそこに、長い指がずぶずぶと入り込む。抜き差しを続けると、たまらずに美月の口から喘ぎ声が零れる。

「美月、入れたい」

「えっ？　だって……」

「アレ、着けるから」

いつの間に避妊具を持ってきていたのだろうか。浴槽から立ち上がった合田は、パッケージを破ると、準備を整えた。

「うしろからいい？」

「うしろっ？　うしろって……⁉」

合田に促されるまま、浴槽の壁に手を掛けて中腰になった美月は、慌ててうしろを振り返った。

「あ、今このアングルで写真撮りたい」

「なっ、何言ってるの？　ねえ、ここでスルのっ？」

風呂場で交わることに動揺した美月は、焦って合田に問うが、合田は笑って取り合わない。

「大丈夫だよ、美月はそのままでいいんだから安心して」

美月の腰を掴んだ合田は、固い屹立をあてがうと、自らの腰を前に進めた。愛液で潤んでいる美月の中は、侵入者を簡単に咥えこんだ。

「あ……いい。俺すぐにでもイキそう」

美月は、こんなことになるなんて予想もしていなかったので不安があったけれども、合田の言葉にちょっとだけ安心した。すぐにイッてくれるのなら、体力がもつかも……そう考えてもいた。

「動くよ」

それを合図に、パンッパンッと肌を打つ音が浴室に響く。壁に手を突いていた美月は、合田に押されると、あわてて脚を踏ん張り、摑まるものを探した。バックからの攻めは激しく、摑まるもののない美月はどうしていいかわからなくて音を上げた。

「かっ、かずくんっ、だめぇー」

「大丈夫だよ。浴槽の淵を摑んで」

言われたとおりにすると、お尻がよけいに持ち上げられ、そこが合田に丸見えになっているのではないかと思い、美月は気が気ではなくなる。

「こっ、これ、恥ずかしい……あのっ」

「動いちゃだめだよ。すごくいい眺めなんだから」

騙された感一杯で美月が振り向くと、合田が満面の笑みを浮かべていた。そのまま腰を摑まれ、また激しく突かれた。

「あっ、んっ……んっ、んっ……」

圧迫感と快感でおかしくなりそうな美月は、すでに涙目だ。こんなにも何度も求められるのは初めてで、美月は合田の欲望が怖くなる。

「はっ、んっ、んっ……」

　はてしなく続く抜き差しに、気が遠くなりながらも美月は耐えた。中でどんどんと固く大きくなるモノの存在感はハンパなく、内臓まで押し上げられそうに感じる。合田は激しく突きながら、背後から蜜壺に手を伸ばしてきて膨れ上がった小さな蕾を指で摘まんできた。美月はもう立っていられなくて、ガクガクと脚を震わせる。

「あ……それっ、だめ……んっ、いっぱい……ご、かずくん……も、だめ。許して」

「くっ、美月、みづき……」

「あ、あぁっ……やっ、やぁーっ」

　美月に締めつけられて激しく達した合田は、思わず美月の肩に歯を立ててしまった。その刺激にまた美月の中がきつく締まる。

「はっ……や、かんじ……る、から、噛まないで……」

「美月……すごっ。俺、持って行かれそう」

「もぅ……っ……」

　お互いの荒い息が浴室に響く中、果てた合田は身体を離すと、また美月を浴槽に誘う。

美月はもうヘトヘトだった。

「もう、や、お風呂から出たい」

「冷えただろう？　温まろうよ」

「無理……お湯に沈んじゃうかも。もう、しんどいの」

少し硬い表情で、ふらふらと浴槽から出ようとする美月を見て、合田は自分がもしかしたら失態を犯したかも知れないということに、ようやく気づいた。

「もしかして、俺やりすぎた？　美月、風邪ひくといけないから、ちょっと温まろう」

「う、ん……」

浴槽に入った美月を、合田はすかさずうしろから抱きしめた。

「ごめん。美月が好きすぎて、俺おかしいのかもしれない。怒った？」

「……だって、こんなに」

「こんなに、何？」

「こんなに何回もするって普通ですか？　それに、うしろからなんて……恥ずかしい」

怒った理由を聞かされて合田はホッとする。なんだそんなことか、と思ったが、それを今言うとまた怒られるので、ひたすら謝ることにした。

「ごめん、もうやらない。いや、するけど、次回はもう少し加減するかも……」

「それに、私の肩、噛んだでしょ？　もうやだ、恥ずかしい」

「白衣には隠れると思うよ。出勤の前にテープを貼ってあげるから。ね、機嫌直して」

「ん……あとで手鏡貸してください。痕を見るから。そのあとで、テープを貼って……」

華麗な手さばきで患者を救う、スーパーDr.合田はここにはいない。今ここにいるのは、好きな女に叱られてオロオロする、ただの恋する男だ。

第九章　制御不能というか、たぶんヘンタイ

　合田は、風呂を出た美月にバスローブを着せ、ドライヤーで髪を乾かしてくれる。かいがいしく世話を焼いてくれるのは美月も嬉しいのだけれど、合田が全裸なのが何とも言えず落ち着かない。

「せん……かずくん、自分でしますから、ねえ服着て」

「服？　いいよ別に」

「……よくない。恥ずかしいし、あのっ風邪ひきますから。ね、何か着て」

「仕方ないなぁ」

　合田がしぶしぶ離れていくと、美月はいつも持ち歩いているスキンケア・ローションを肌に伸ばしてブローをはじめた。ショートカットだからすぐに乾く。バスローブのまま寝室に入ると、Tシャツにグレーのスウェット姿の合田がいた。普通にスウェットを着ているだけなのに、その端正な姿に思わず目を奪われてしまう。美月はしばらく見とれていたが、合田が手にした物を目にして首を傾げた。それは上質なワイシャツだった。

「美月、これ着て」

「え、これってワイシャツでしょ？」

「うん。俺のシャツ」

「これから寝るのにワイシャツを着るんですか？」

不思議そうに尋ねる美月に、合田は手を合わせた。

「お願い、着てくれよ。湯上がりの美月が裸に俺のワイシャツを着る姿っていうの、俺の夢だったんだ」

「なにその、夢って……？」

「サイズが大きくてブカブカのシャツから、まだ火照ってる肌が覗いたりするのってエロくない？」

「なっ、何を言ってるんだか」

「ありがちだけど、そういうシチュエーションってずっと憧れだったんだよ。他にもいろいろ美月にはやってもらいたいことがあるんだ。それは、きちんと〝したいことリスト〟にしてある」

「したいことリスト？」

「うん。たくさんあるから、これから大変だよ」

「大変って……」

合田の言う〝したいことリスト〟の内容を知りたいような、知るのが怖いような……美月の内心は微妙だ。この数時間で、合田が実はかなりヘンな人だったということは、美月にもわかってきた。しかし、これほどまでの妄想系だったとは予想外だ。しかし、あまりにも必死な合田がかわいそうになってきて、美月は渋々ワイシャツを受け取る。

「あ、でも私、下着がないんですけど。何か……」

「下着禁止」

「へ？」

合田は当然のように言う。眠くて疲れていた美月は面倒くさくなったので、もう逆らわずにワイシャツを着ると、合田に手を取られリビングに向かった。


「ねえ、美月はお腹空かない？　俺、何か軽いモノでも作るよ」

「うーん、今、そんなにお腹すいてないかな……でも、ひと口ぐらいなら入るかも……」

そして、キッチンでインスタントの雑炊を作りはじめた合田の姿を、美月はボンヤリと見ている。疲れて眠いが美月は幸せな気分で一杯だった。リラックスした合田はとっくに自分を『俺』と呼び、全くの素でいてくれる。美月のこともう『山川さん』とは呼ばない。本当に恋人同士になれたのだと思う反面、もし夢だったらどうしよう……と不安にもなる。

キッチンの時計を見ると、すでに零時を回っていた。食事も摂らずに五時間ほど夢中でお互いを貪っていたことになる。合田は疲れないのだろうか？　美月はもうヘトヘトで、空腹を感じる余裕もないほどだというのに。リビングは空調がきいて心地よい。美月は瞼が落ちてきそうになって頰づえをついた。

「美月、もうすぐできるからソファーに座って」

「はい」

素直にソファーに座った美月をジッと見ていた合田がボソッと呟いた。

「……いい」

「はい？」

「その姿イイ。写真に撮っていい？」

「ダメ」

美月に瞬殺されて項垂れる合田。

「かずくんがこんなに変な人だとは、知りませんでした……」

「変な人？　俺はヘンタイだよ。美月を前にするとおかしくなるんだ。それより、敬語はもう止めてもらえるかなあ。ベッドでは普通なのに、明るい所では緊張するわけ？」

「あっ、はい。頑張る」

美月は、平気で自分をヘンタイ呼ばわりする合田を、カワイイと思った。誰も合田のこんな姿など知らないのだと思うと、それだけで嬉しさが込み上げる。

しばらくすると、合田が雑炊をテーブルまで運んで来た。ソファーに座ると美月を抱き寄せる。

「ね、膝に乗って」

「……もしかしてそれも、したいことリストに入っているの？」

「よくわかったね」

仕方なく合田の膝の上に乗った美月は、いきなりギューッとうしろから抱きしめられた。首筋を犬みたいにクンクンされるのでくすぐったくて仕方がない。合田のリストにはいったいどれだけの『したい』が載っているのだろうか？　知るのは怖いけれども、いつかきちんと確認しなければ……と美月は思った。


「……んっ」

夢を見ていたのだろうか……。下半身に気怠い快感を感じながら目覚めた美月は、合田が自分に覆い被さっているのに気がついてギョッとした。すっかりお馴染みになった『ごめん』を聞きながら、抵抗する力もない。

「かっ、かずくん……？」

「ごめん、美月……挿れたい」

すでに合田は固くなったモノを美月に押し当てていた。そして、美月は着ていたシャツを既に脱がされて全裸になっている。

「え、あ、シャツ……いつの間に？　……あっ、や、やんっ……」

「ごめん、本当にごめん。我慢できないんだ……」

昨夜激しく弄られた美月の身体は、寝起きでもすぐに熱く潤み、難なく合田を受け入れてしまう。強引に入ってきて、謝りながらも突いてくる合田の背中に、美月は腕を回すとそのまま優しく抱きしめた。欲望をぶつけるように、何度も突き上げられ、美月の口からはいつしか喘ぎ声が漏れ出していた。

「はっ……あっ……かずく……ん」

合田の下半身が激しく当たるたびに、敏感になりすぎた小さな蕾が赤く尖る。

「っ、はぁ……はっ、あ、やぁ……」

蜜にまみれた突起が擦れて、快感が膨れ上がる。それだけでも十分気持ちいいのに、中の奥深くをゴリゴリと突かれて、身体がゾワッと震えた。その強い快感に、美月は声を上げてしまう。

「あっ、やぁっ、そこ、ダメぇー！」

「美月、すごい……っ、あ、イキそう……」

「あぁっ……も、ごう、かずく……っ……あぁぁー！」

美月は激しい快感に呑まれ、またベッドに深く沈み込んでいった。昨日から何度交わったのかも、すでに数えきれない。傍らにドサッと横たわる合田の何度目かの〝ごめん〟を聞いた気がしたが、疲れて返事もできなかった。

よほど悪いと思ったのか、美月が二度寝をしている間に、合田は朝食を用意していた。かいがいしく世話をされ、コーヒーとトーストの朝食を食べたあと、美月は、「今日は自分のマンションに帰ろうと思っている」と合田に言ったのだが、当然のように却下された。

「明後日一緒に出勤すればいいじゃないか」

「それは無理。いろいろ用意があるし」

「じゃあマンションに行って荷物を取ってくればいい。車を出すから」

「……だって」

「どうしても泊まれない理由があるの？」

「年賀状の確認とか、本当は実家に帰ろうと思っていたから母に連絡とかもしたいし、いろいろあるのよ」

合田とこんなことになると思っていなかったので、休みのうちの一日くらいは実家に帰ろうと思っていたのだ。帰れないにしても、自分を待っている母親に、連絡くらいはしたかった。

美月の言葉を聞いた合田は、意外なことを言い出した。

「じゃあ、美月と一緒に実家に伺ってお母さんにご挨拶をしようかな」

「えっ⁉」

「真剣にお付き合いをさせて頂いていますって、ご挨拶を……」

その提案は、美月の予想のずっと先を行っていた。なにしろ思いを伝えあったのも、大人の関係になったのも昨夜の話なのだから。しかし、合田の表情は得意のポーカーフェイスが影を潜め、しごく真面目だった。

「本気で？」

「もちろん。言っただろ、俺は本気だって。美月が望むなら、何だってするよ。もちろんウチの両親にも会ってほしいし」

「ありがとう。でも……それは、もっと時間をかけて、ちゃんと考えてからってことにして……」

「どうして？　もう俺の中で気持ちは固まっているよ。だから時間なんてかける必要はないと思うけど？」

「かずくん、私を買いかぶりすぎてない？」

「買いかぶる？　それはない。俺は美月をずっと見ていたんだから。それでも美月がまだ早いと思うなら、時期がくるまで俺は待つよ」

　いったい合田は自分のどこを見て、そんなに決心が早まったのか？　自己評価がそれほどに高くない美月は、合田の言葉が嬉しい反面、怖かった。いつか、思っていたのと違う。などと言われて振られる可能性だってある。それに、ふたりは医者と看護師。身分違いと言ったら大袈裟かも知れないけれど、医者は同業者やいいところのお嬢様と結婚するケースが多いのは、昔も今も変わらない傾向なのだから。

　結局、美月は母に電話で新年の挨拶をし、それから美月のマンションへふたりで戻って着替えを持ってくることになった。互いの両親への挨拶云々は、もう少し時間を置いて話し合いましょうと、はやる合田を何とか説得した。

　三日には合田の運転でスーパーに行き、食料の買出しもした。店内について来た合田は、嬉しそうに美月に寄り添いカートを押す。病院の誰かに見られたら、噂になるのが嫌だな……と思ったけれど、合田はご機嫌だし、美月も正月早々同僚に会う可能性は低いとふんでいた。朝食のパンやフルーツをカゴに入れてふたりは店内を進む。美月の買ったものを見て、合田がいろいろと質問をしてくる。

「美月はリンゴが好きなの？　イチゴも美味しそうだよ、買いなよ」

「でも、ちょっと高いと思うの。今日はリンゴと蜜柑で十分よ」

「ふーん。この梨は？」

「美味しいけど、ラ・フランスは贅沢だよ」

　美月がそう言うと、合田は何故か感極まった表情を浮かべている。意味がわからない美月は首を傾げた。そして……ハタと気がついた。

「かず君……もしかして、スーパーで一緒に買い物するのも、したいことリストに載っているの？」

「えっ、あ、わかった？　そうなんだよ、買い過ぎて美月に叱られたいとか……いろいろ」

　合田は、笑顔全開で頷いた。その正直すぎる反応に、美月は呆れる反面腰が砕けそうになった。

（何なのこの人ってば、ヘンタイなくせに可愛すぎるんですけど！）

合田の激しすぎる執着を目の当たりにして、若干腰がひけていた美月も、この笑顔を向けられると、もう何もかも許していいかな、と思えてしまう。

「そ、そうなんだ。そのリストって、達成できるといいね」

「って、他人事みたいに言うけど、美月が協力してくれないとすべては実現できないんだよ。俺としては、やり残して死にたくはないなーって思ってるんだけど」

「し、死に……って、そんなに多いの？」

「多いよ。美月、さては俺の〝美月大好き苦節十年〟を軽く見てるな？」

「み、み、見てないし。ほらっ、私も苦節十年だし……」

「いーや、俺の気持ちの方が重いと思う」

そんなことを自慢されても怖いだけで、喜ぶ女の人はいないと思うのだけれど、残念なことに合田は大真面目だ。

「はい、わかりました。かず君の方が重いです！」

ここは人目があるし、合田の主張が面倒くさくなりそうだったので、美月は話をそこまでにして買い物に集中することにした。お肉コーナーに向かうと、合田が気に入った物を値段も見ずにポイポイとカゴに入れるので、美月は思わず叱る。

「かず君、こんなに高いお肉をポンポン入れちゃだめよ。ちゃんとメニューを考えて買わなくっちゃ」

お肉をケースに戻して合田をキッと見上げると、最高の笑顔を浮かべて立っている。まんまと美月に叱られて、かなり嬉しそうだ。ついさっきは、合田の笑顔に腰が砕けそうになった美月だけれど、さすがにうっとうしくなってきた。そこで、総菜コーナーでおせちを合田に選んでもらってから、さっさとスーパーをあとにした。

その日の夕食は、美月がお雑煮を作り、スーパーで買ったちょっと豪華な惣菜をふたりで囲んだ。美月は上機嫌の合田に、したいことリストについて思い切って質問をしてみた。

「いったい、そのリストって何項目あるの？」

「アウトプットして見せようか？　学生の頃からだから、ずいぶんな数になってるよ」

「アウトプットってパソコンから？」

「いいや、ここ」

美月の問いに、合田は自分の頭を指でさした。それを見た美月は呆れてしまう。

「……頭から？　それ、記憶力の無駄使いのような気がするんですけど」

「問題ない。どう使おうと俺の頭だ、好きにさせてくれ」

やはり合田は変な人だ。でも、美月はそんなところが決して嫌ではない。むしろ作り笑いで完璧に武装した合田より、素顔の方にずっと好感が持てると思った。ただ……リストの中には、自分の手に余る項目があるのではないか……と、ちょっとだけ心配になったけれど、そこは毅然として断ろうと決意を固くした。

食事のあと、美月はボタンの取れた白衣を直し始めた。明日リネン室に出すためだ。

「あ、それ……」

「医局でボタンが取れたから直しておかないと」

「ふーん。それもらっとけば？」

「え？　それは無理」

「いや、いいって」

「良くないし」

「俺、それを着る美月をまた見たいなー」

「そんなことできるわけないでしょ！」

美月は、ミニスカ白衣にこだわる合田を一蹴し、ボタンがついた白衣を紙袋の中にしまった

第十章　残念なイケメンの妄想

正月の夜……。

長い間恋焦がれてきた美月をやっと抱くことができると思った時、正直合田はかなり一杯一杯だった。

（ヤバい。美月の全裸を見ただけで、俺死んじゃうかも）

冷静に見えても合田は内心必死だった。そんな合田の胸の内など知らず、横たわっていた美月が突然右手の人差し指を自分の唇にあてた。少しだけ開かれた唇からは真っ白い歯がのぞき、そこから赤い舌が垣間見える。上目遣いの瞳は欲情で濡れている。美月の計算なしの色気を目の当たりにして、合田は本気で死ぬかと思った。

（これこそ天然の破壊力。だから好きなんだ……）

そう内心で呟く。

合田はそれまで媚びを売りながら近寄ってくる女たちにはいつも辟易していた。合田のことなど何ひとつ知らないくせに、ちょっと顔が良くて外科医だというだけで、愛想笑いを浮かべて寄ってくる女が大っ嫌いだったのだ。気持ち悪いとさえ思う。そして、そういう女たちに本心を見せず、避けるどころか適当に付き合っては切り捨てる自分の性格にもウンザリしていた。

看護学生だった頃の美月のことはよく憶えている。実は彼女は男子学生たちの密かなアイドルだった。色白のあどけない顔に、不釣り合いな大きな胸。幼稚舎から始まる小中高一貫の男子校で勉強漬けだった合田も、美月の外見にひと目でやられてしまったひとりだった。

初めて見かけたのはオリエンテーションの会場で、遅れて入ってきた美月に、合田はすぐに目を止めたのだった。言葉を交わしたのは、ほんの少しだったのに、なぜかそのあともずっと、美月との会話を繰り返し嚙みしめるように思い出していた。声、仕草、身体の動き。どちらかというと地味な美月は、大勢の学生の中で埋もれてしまいがちなのに、不思議と合田は目を引かれた。肌の色艶の美しさや静かな雰囲気のせいか、はたまたカラーリングをして明るい色の髪の毛が多い中、黒々と輝く髪が美しいからか。とにかく心が惹きつけられたのだ。合同講義の時に近くの席に座ると、友達との会話が耳に飛び込んできた。落ちついた優しい声は、合田の耳に心地よく響いた。

学部内の図書館やカフェテリアでも、いつも真っ先に眼に飛び込んで来るのは美月の姿だ。

今思うとストーカー行為だと非難されても反論できないけれど、図書館のお気に入りの席で勉強する美月を、離れたところから見つめることは合田のひそかな楽しみだった。また美月の家を知りたいと思うあまり、同じ電車に乗り込んだものの降りそびれ、ホームを歩く美月を車内に隠れて見送ったことも何度かある。我ながらずいぶんとアヤシイ男だと思う。他には、美月が友達と弁当を食べているうしろの席で会話を盗み聞きしたこともあった。話題はサークルのことだった。

「美月、サークルはどうする？」

「ん、入らない」

「どうして？　入ろうよぉ、コンパとかあるし、楽しいじゃない！」

「コンパ……それが苦手なのよね。バイトしてるし、それに夕ご飯当番もあるし」

「何それ？」

「母親が仕事で忙しいから夕飯当番とかあるの。バイトは地元のバーガーチェーン店で、高校生の時から続けているんだ」

「そっか、美月はお母さんとふたり暮らしだったっけ」

「うん。私が卒業するまではって、仕事を頑張ってくれてるの」

その後合田が収集した情報によると、美月は母子(ははこ)ふたり暮らしで、母親は塾講師、自宅は市外にあり、大学まで電車で一時間ほどかかる。毎日早起きして電車通学をする美月は、節約のためか手作り弁当持参だ。

そんな風に慎ましい美月がいじらしく思えて、合田の胸には温かい火が灯る。それは、今まで経験したことのない感情だった。

そんな中、医学部内の数名の勇気ある学生たちが美月を口説こうとしているのを知って、合田はかなり焦った。しかしありがたいことに、全員が失敗に終わった。

学内のカフェに誘うと、

「カフェイン制限をしているので、行けません」

と断る。

コンパに誘うと、

「コンパなんて、恥ずかしくて無理です」

と断る。

ダメモトで休日のデートに誘うと、

「バイトがあるので行けません」

と、アッサリ断られる。戦い破れた落武者たちは必ず口にしたものだ。

「あの子はまだ子ども、天然すぎて手を出せない」

そしてついたあだ名が、「難攻不落のEカップ」。

結果的に失敗に終わったにしても、落武者たちには勇気がある。合田は振られるのが恐すぎて、美月に声をかけられなかった。それ以前に、医師免許を取得したら県外の救急救命センターで腕を磨くつもりだったから、美月に告白したところで付き合うことはできないと最初から諦めていたのだ。

さらには、自分では手が出せないくせに、誰のものにもなってほしくなくて、一生「難攻不落」でいてほしいと願う始末。そして隠し撮りした美月の写メを、気が向くとじっと眺めていたり……。

アブナイくらいに一途に美月を想う男と、冷静に将来の計算をして衝動を抑える男が同居する自分の矛盾を、当時の合田は変だとは全く思っていなかった。

美月に対して、甘酸っぱくも屈折した思いを抱えながら卒業した合田は、自分の純な思いに背を向けるようにして、群がってくる女性たちと適当に付き合っていた。ちょっと視線を絡ませただけでホテルについて来る女性など、所詮はセフレ止まり。寝る相手には不自由しなかったので、その場限りの付き合いが多くなった。そもそも激務続きだったので、真剣な交際など無理な話だったのだ。

そんな合田も年を追うごとに「俺は、本当にこのままでいいのだろうか？」と、自らを嘆くことが多くなった。つまり、どんなに美人を見ても心が動かない自分は、男として大丈夫なんだろうか？　ということだ。近づいてくる女性を、平気で邪険にする自分の冷たさに辟易しながら、頭に思い浮かぶのは学生時代の憧れの彼女の姿。あれから、ずいぶん年月が経っているけれど、どんな女性になっているのだろうか。難攻不落の壁を乗り越えて近づく男がいたら……と思うと、いてもたってもいられない気持ちになった。

そして今年ようやく故郷に戻り、目の前に現れた美月を見た時、合田はもう少しで失神するかと思った。それほど、美月の外見は合田のドストライクだったからだ。

長い脚やショートカットから覗く細い首も素敵だった。大人っぽい様子の影に見え隠れする、学生時代からのつつましやかな風情は合田の胸を揺さぶった。からかうとムキになるところも可愛くて、ついついわざと意地悪を言って怒らせたくなる。院内旅行では、容姿をネタに挑発すると、それまで見たこともないような女らしい服装で現れ、すっかり合田はやられてしまった。

そして、ますます惚れ直したのは、真面目な仕事ぶりで、何となく合田のことを意識しているのに、まったく愛想のないアマノジャクな態度もツボだった。

冷たくあしらわれると、美月が自分を意識しているように感じられたのは、好きすぎるゆえの錯覚かと思い、密かに反省したりもする。

大きめの白衣で誤魔化していても、合田には柔らかい胸の存在がありありと感じられてドキドキした。化粧もしないし媚びを売るわけでもないのに、側にいるだけで匂い立つ女らしさにたまらなくなる。

美月の魅力に誰も気がつきませんように……。そう願いながら、合田は彼女を手に入れる頃合いをずっと見計らっていたのだ。

院内旅行で、寝ぼけた美月が自分のベッドに潜り込んできたときには、ドキドキしてろくに眠ることもできずに死ぬかと思った。それに忘年会では酔った美月をお持ち帰りしたものの、同意もなしに抱くことはできないと、ひたすら我慢するのは正直辛かった。そしてようやく、美月をこの手に抱くことができたのだ。

おまけに、お互いがずっと想い合っていたことを知って、合田は天にも昇る気持ちになった。しかし、想いが強すぎたからなのか、欲望が止まらなくてすっかり美月を疲れさせてしまった……。

相変らず、自分がアブナイくらいに美月が好きなのだということはわかっているし、それが他人から見ればヘンタイの部類に属することも重々理解しているつもりだ。これからは、何があろうと絶対に美月を離さない。合田は、そう強く心に決めていた。

第十一章　秘密はバレるためにある

翌日の仕事初めの朝、美月は合田と一緒に出勤をしたが、医師専用の駐車場に車が入ったあたりから急に緊張してきた。

「誰かに見られたらどうしよう」

「何が？　堂々としていればいいよ」

「……付き合っていること、まだ誰にも言わないでね。相原には自分の口からちゃんと報告したいし、いろいろと大変だから」

美月が釘を刺しても意に介さず、合田は「どうして？　俺と付き合っているって、隠さなきゃいけないことなの？　いいじゃん、言っても……」と拗ねている。

「そうはいかないのよ……じゃあ、行ってきます。てか、行ってらっしゃい。先生お仕事頑張ってください」

そう言って荷物を持ち、美月は車から出ようとした。その時、紙袋の中の白衣に合田が気づいた。

「あれ、この白衣返すの？　置いとけって言っただろう」

「え、他人の白衣だよ。リネン室に戻して本来の持ち主に返さなきゃ」

「返さなくていいって言ってんだろ。すごく似合うんだから記念に……」

「ヘンタイ」

「ヘンタイで何が悪い！」

冷静沈着、クールな合田先生はここにはいない。ミニスカ白衣に執着するただのエロオジサンだ。

「とにかく規則ですから返します」

「じゃぁ、こうしよう、ネットでナース服を買うから着てくれる？」

「ええっ⁉」

美月は本気で顔を歪めたが、合田は引かない。

「俺、当直の時、美月に言ったよね？『お礼の件、決まりました』って」

「えっ、まさか……労働奉仕って……」

「あのナース服を着て、一日中マンションで過ごしてほしいな、って思っていたんだ。あの時はただの妄想だったけど……」

忘年会で悪酔いをした美月を介抱してくれた合田に、お礼をすると約束をしたのは美月だ。たしかに当直の日に合田から「お礼は労働奉仕で」と聞かされてはいたが、それは仕事に関する内容だと思っていた。それなのに……。合田が仕事中にも関わらずヘンタイ妄想を繰り広げていたことに、美月はショックを受けた。

「ヤダ……もう。ばかっ！」

美月は呆れて車から出て行こうとした。そのドアにかけた手を取ってグイッと引っ張った合田は、美月の後頭部を右手で固定すると顔を近づけてきた。

「ぎゃっ。なっ、だめっ……」

こんなところでは、誰が見ているかわからないのに、合田は堂々と美月にキスをした。それも、深く長いキス。舌を絡ませて吸い、粘膜を丹念に味わう。閉じた美月の睫毛が震えているのを確認してから下唇を噛んでゆっくりと唇を離した。

「ん……っ」

美月が甘い吐息を漏らした。トロンと惚けた美月の髪を撫で、合田は身体を離した。

「じゃ、渡した合鍵をなくさないように。今夜も仕事が終わったら一緒に帰ろう。白衣はネットで買っておくから、家で着るんだよ。わかったね？」

「……はい」

キスの急襲を受けて、よろけながら駐車場を歩いて行く美月を見送った合田は、あとでコスプレサイトで買い物をすること……と、頭にメモをした。

午後四時半の病棟は戦場だ。申し送りをする看護師でごった返し、電子カルテに必要書類や各オーダーを入力する若手医師は、怒濤の如くキーを叩く。別室では中堅医師が患者や家族に病状の説明をしていた。

直腸癌の患者家族への説明を終えた合田が、病棟師長とナースステーションに戻ったとき、美月は夜勤の看護師に担当患者の申し送りをしていた。

ふと顔を上げると、合田が隣のＰＣを陣取ってキーを叩いている。美月は数秒見つめたあと、慌てて意識を仕事に戻した。

「センセー、正月休みは何していたんですかぁ？」

茶髪の若い看護師が、合田にすり寄らんばかりに身を寄せて話しかけている。「仕事しろ」とばかりに、病棟師長が睨みを効かせているけれども、効果はないようだ。

すると、ほかの看護師数人もやってきて合田に群がった。さながらハーレムだ。この光景はいつものことだが、今日は群がる人数が多い気がする。ぼんやりとそれを眺めていた美月に相原が近づいた。

「今日の合田先生、超機嫌いいよね」

「そう？」

「うん。なんか……スッキリしてるし」

スッキリ……たしかにそうとも言える。ふたりは連休中マンションに籠って、何回身体を合わせたか数えきれないほどだ。どんなに気持ちよかったかなど、思い出している場合ではない。美月は話しかけてくる相原に意識を戻した。

「ちょっとさぁ……噂を耳にしたんだけどね」

「噂？」

相原はナースステーションの隅に美月を引っ張っていき、コソコソと耳打ちする。

「元旦の夕方、緊急オペを手伝った外科の先生が、医局で妙な声を聞いたんだって」

「……」

思わず硬直する美月。あれを聞かれたのだろうか？　本当にそうなのか？

「み、妙な声って？」

「アレの最中みたいな声よ。先生急いでたから、たしかめることができなかったけどって笑ってたわ……ヤルよね、誰か知らないけど」

「……そうだね」

セーフか？　セーフなのだろうか？　相原にはまだ、合田と自分の間に何があったかを話せていない。美月は内心で焦りながら、その元凶に視線を向けた。合田は群がる看護師を適当に躱しながら、黙々とオーダーを入れている。美月はいつもながら、そのマルチぶりに感心した。

「美月、元旦は日直だったんだよね。緊急オペって、合田先生が入ってたんでしょ？　他は誰が来たの？」

相原はあくまでも追及の手を緩めない気だ。美月の背を変な汗が伝った。

「そういえば美月はさぁ、合田先生にスマホ渡すために医局に入ったんだよね？　誰かに会わなかった？」

それも知っているのかっ⁉　美月は相原の情報収集力に舌を巻いた。今日一日、探偵みたいに元旦の病院内の出来事を探っていたのだろう。仕事はどうした？　と脳内で突っ込みを入れながら、美月は無難な答えを探していた。

「合田先生は、寝てらしたわよ。私はすぐに下りたから知らない」

美月はドキドキしながら相原の反応を待った。

「オペのあとに寝てたって？　スゴイねあの人。そっかー、てっきり私はオペで興奮冷めやらぬドクターの誰かが、医局でやらかしたんだと思っていたわ」

わははは、と笑う相原に合わせて、美月も引き攣った笑いを返した。

「合田先生はそんなことしないよねー。だって、長年片思いしている人がいるって言ってたし」

相原はそんなことまで調べ上げていた。この場で、それは私のことです。などと言えるわけがない。美月は焦って、言葉をつまらせる。

「そっ、そうなんだ、か、片思い？」

「忘年会の前に、まだ時間があるからってコーヒーショップでお喋りをしたのよ。その時に私と付き合いませんか？　ってズバリ言ってみたの。まぁ今思えば、若気の至りってヤツかな」

(言ったんだ!?　相原、スゴい！)

「そんなこと、やっちゃってたんだ……」

「うん、速攻で断られたよ。ずっと好きな人に片思いしているから、もう遊びでは女の人と付き合いませんって」

「……そうなんだ」

「そう。やっぱり昔は相当遊んでたみたいね、あの方も。わははっ！」

「でも、そこできっぱりと断られたから、今の相原と奥田先生との関係が始まったんだよね」

「うん、そうだね……ある意味、合田先生に感謝かな!?」

ふたりでコソコソと話をしていると、足元に影がさした。見上げると、合田がいつものポーカーフェイスで立っていた。

「あっ、合田先生。元旦の夕方に、医局でアヤシイ声を聞きませんでした？」

相原が陽気に尋ねる。当の合田は「何のことかわからない」という顔で、しらばっくれている。

「聞きませんでしたね、寝ていましたから」

「あ、それ知ってます。研修医に、寝ています、何か用ですか。って言ったんでしょう？　笑えるぅ」

「よく知っていますね」

合田が微かに怯んだ。

「……ひょっとして、先生じゃないですよね？　アヤシイ声の主」

相原の目が、鋭く光った。

合田の眼鏡の奥の瞳は、それを受けて、猫の目のように細められる。互いに数秒見合ったあと、合田は口角を上げて相原に微笑みかけた。

「まさか、大事な人がいるのにそんなことをするもんですか。ね？　美月」

「……っ‼」

とうとうバラされてしまった。それもこんなところで……。その場で固まった美月の手を取った合田は、身を屈めて耳打ちをした。

「とっくに就業時間は終わっている。帰ろう」

「うそ……」

相原も目を見開き、硬直して腰を抜かさんばかりに驚いている。

「美月……合田先生と付き合ってたの⁉」

美月は油断していた自分を悔やんだ。どうせいつまでも隠し続けることはできないとは思っていたけれど、公表するには今はまだ早すぎるし場所が悪い。美月は俯きがちに相原に弁解をした。

「あの……最近付き合うことになっちゃって……なんだか、その……あの相原っ、ちゃんとあとで説明するからっ……！」

美月の手をむんずと握った合田が言葉を重ねる。

「僕の長年の片思いが、ようやく実ったんですよ」

「やだーマジで⁉」

相原の悲鳴のような声に、ナースステーションの全員が振り向いた。

「えっ何、何っ？」

「どうして合田先生と山川さんが？」

「ギャーッ、手ぇ繋いでるし」

病棟は上を下への大騒ぎだ。これで皆に合田との関係を知られてしまった。それも最悪な状況のような気がする。

合田に引きずられるようにナースステーションを出た美月は、慌てて自分のバッグを取りに戻った。

「美月ぃ、明日ちゃんと説明してよねっ！」

「ぎゃーっ、山川さん、どういうことですかっ⁉」

「あ、相原っ、また明日！　す、すみません、皆さんお先に失礼しますっ！」

皆に詰め寄られた美月は、バッグを手にダッシュで廊下へ飛び出した。慌てる美月とは裏腹に、合田は廊下でノンビリと待っていた。そばにやって来た美月の手を取ると、大股で駐車場へと向かう。

（もうっ！　かず君ったら！　マンションに戻ったら、落とし前はちゃんとつけなくっちゃ）

そんな美月の思いなど露知らず、ご機嫌で廊下を歩く合田を、美月は軽く睨んだ。

合田との交際がバレて、病棟が大騒ぎになってから数日が経った。合田との交際は意外にも皆から好意的に受け止められて、美月は心配事もなく仕事を続けることができている。それも、合田がふたりの交際を真剣だと公言したからで、美月と合田は只今婚約中の仲だと院内では認識されていた。美月的には、婚約を承知した覚えはないのだけれど。

数日後、いつものように仕事が終わって合田のマンションに帰宅したふたりは、夕食に七草粥を食べたあと、リビングでまったりと寛いでいた。そこへ、合田のスマホにメッセージアプリの着信通知が入った。

隣に腰を掛けていた美月は、何の気なしに合田の手元に目をやる。本当に他意はなかったのだが、ハート形のスタンプと、『あけおめ、松本の学会に行くんならホテルを教えてね』という文字が目に入った。

（えっ⁉　なにこれ……）

美月はとっさに、そのメッセージを送った相手を合田の過去の女性と断定した。男女間のあれこれに疎い美月だけれど、それでも〝女の勘〟は働くものだ。咄嗟に画面を閉じた合田を見て、美月はその勘に確信を持った。

美月はいきなり立ち上がると、ワザと明るい声を上げた。

「そうだ！　私、明日早番だから今日はもう帰りますね」

バッグを持ち、さっさと玄関へ向かう。

「美月！」

廊下に出たところで、いとも簡単に合田の長い腕に捕獲された美月は、リビングのソファーに逆戻りさせられた。

「あれは……」

「いいの！　言わなくていいですっ。先生にもいろいろ付き合いがあるでしょうから、私が口出しするつもりは……」

「そうやって俺から逃げるつもりだろう？　そんなことされたら俺、死んじゃうよ」

合田は必死の表情で美月の両腕を掴んで離さない。

「何言ってるの？　そんな簡単に、死ぬとか言わないで！」

「元セックスフレンドだから」

「……えっ？」

「さっきのメッセージは、セフレだったひとりから。同期の形成外科医で病院は……」

「言わなくていいですってば！」

絡みつく手を振り切って美月は立ち上がると、頬を真っ赤に染めながら、合田に向けてビシッと人差し指を向けた。

「おっ、女の人を簡単にセッ、セックスフレンドだなんて言わないで！　その人は先生のことを本気で好きかもしれないでしょ！　そんなに簡単に、掃いて捨てるみたいな言い方をしないでください」

「だって本当にセックスだけの相手なんだ、スポーツと同じだよ。美月……俺はお前だけが大事なんだ、それじゃダメか？」

「……そうじゃなくて！　女の人を粗末に扱わないでほしいの……。かといって私以外の人を大事にする先生を見るのはもっと嫌っ！」

「美月……」

「言ってることが支離滅裂なのはわかってるの。そんなメッセージが先生に送られてくるのが嫌、それに嫉妬している自分も嫌……なの」

美月は、毒を吐く自分を醜いと思った。こんなに嫉妬に満ちた感情をぶつけたら、合田に嫌われるかもしれないと思ったけれど、言わずにはいられなかった。大学時代は、合田の噂を聞いて、自分なんかが敵うわけがないと恋心を封印したが、今の美月は違う。今、自分の気持ちをうやむやにしたら、これから先の合田との未来はない……。そう思ったから、あえて気持ちをぶつけたのだ。

「地元に戻ってから俺、誰とも付き合ってないよ。美月がいたから、美月だけに触れたいと思っていたから」

「去年の四月から？」

「帰るって決めた一月ごろから、誰の誘いにも乗っていない。俺がそれだけ我慢するって、すごいと思うんだけど」

「そこ、自慢するところじゃないでしょう。……なんか、ドヤ顔なのが癪に障る」

「そんなこと言われても……俺、元々こんな顔だし」

「もうっ！　あの……聞いてもいい？」

「うん、何でも聞いて」

「……先生は私とだけ、その……したいと思うの？」

「美月だけだよ。美月、先生じゃなくて、千成」

合田はそう言いながら美月の肩を抱くと、今度は腿を撫ではじめた。その手をパシッと叩いた美月は重ねて尋ねた。

「お友達とは、もう連絡とかしない？　学会に行っても会わない？」

「しない。元々こっちから連絡なんかしていなかったし……あ、ごめん。二度と連絡しません……ってか、美月を松本の学会に連れて行こうかな〜」

「……」

妙にテンションの高い合田を、美月はキッと睨んだ。

「美月、俺の気持ちは正月に言っただろう？　ずっと好きだったんだぞ。おまけに今はもっと好きになって、離れるなんて考えられない。だからさぁ……」

「本当に？　私は信じていいの？」

合田はまたウンウンと大きく頷いた。その姿はまるで、大きな犬がシッポを振って甘えているようだ。合田の言葉で、とりあえず気持ちが落ち着いた美月は提案(おねがい)をした。

「じゃあ、このメッセージを送って来たオトモダチには、もうお付き合いをしないと伝えてほしいの」

「別に連絡を入れなくても、返事をしなければその時点で自然消滅するよ。元々そんなレベルの付き合いなんだから」

「かず君、そんな言い方をしないでって言ってるのに！」

ジッと合田を見つめる美月は涙目だ。その顔を見て『たまんないなぁ』と、合田は心中でほくそ笑んだが、今は楽しんでもいられない。こんなことで美月に嫌われたら一生後悔する。合田は真面目なメッセージを送った。『結婚を考えている彼女ができたので、もう会うことはありません。お元気で』

「美月、これでいい？」

「はい、ありがとう。あの……かず君、他にも〝フレンド〟って……いる？」

「うっ……」

合田は油断していたところに虚を突かれてドキッとした。『やっぱり』と、美月の表情が曇る。

「美月っ、わかったから。連絡先は全て削除する！　ほら、今からするよ！」

美月に画面を見せつつ、合田は数件のメッセージをブロックして、〝フレンド〟の連絡先を全て削除した。

「これでいい？」

合田が美月の顔色を窺うと、その頬は涙で濡れていた。

「美月泣いてるの？　……おいで」

合田は美月の手を取って自分の膝に乗せると、うしろから抱きしめ首筋にキスをした。

「美月、嫉妬した？」

「……胃が重くなって、吐きそうなくらいに嫌でした」

これが嫉妬という感情なのだろうか？　たしかに嫉妬だろう。美月は自分が合田を独り占めしたいのだとしっかり自覚した。

最初は、合田がヘンタイ過ぎて、若干腰が引けていたけれど、やはり好きなのだ。自分だって好きすぎておかしくなっている。そういう意味では合田と同じなのかもしれない。

「私以外の人を、そういう目で見ないでほしい。触らないでほしい……と思うの」

美月は溢れる感情をぶつけた。

「見ない触らない。誘われても断固断る」

合田は一気に宣言すると、美月を強く抱きしめ我が物顔で胸を掴んだ。そのままやわやわと愛撫を始める。

――なんでこうなるの？

エロ合田君臨だ。美月のお尻に当たるものが、みるみるうちに堅さを増してきた。

「ねえ、今夜泊まってくれるんだろう？」

今度は耳朶を甘噛みして囁く。強者（ツワモノ）だ……。

「んっ……」

胸と耳は美月の弱点だ。首すじや背中も弱い。合田が美月のセーターを捲り上げブラを上へずらすと綺麗な乳房が現れた。下側を優しく撫でたあと、乳首を二本の指で摘んで弄ぶ。

背後の合田に顔を向けた美月がどうしてほしいと思っているかは、すっかり相手に伝わっている。美月の願いどおり合田はキスでその唇を塞ぐと、舌を差し入れ口腔をやさしく探ってゆく。そのうち美月が小さく喘ぎ始めた。

「はぁ……ん」

合田は美月の身体を好きなように味わいつつ、脳の一部の冷めたところで、こんなふたりの痴態を鏡に映してみたい……などと考える。あられもない姿で自分の愛撫に応える美月を、いろいろな角度から見てみたいのだ。背後から自分に攻められる美月の表情や美しい胸を四方八方から観察したいと思う。

鏡だらけのラブホは、この近くになかっただろうか……。今まで行ったことのあるホテルの記憶を辿ってみる。美月に知られたら叱られるのは間違いない。

合田は蜜の溢れている美月のそこに、自分を埋めたくて仕方がなくなる。さっさと寝室に行こうと、喘ぐ美月を立たせていきなり屈みこみ、膝裏に腕を回すと横抱きにして立ち上がった。院内旅行でも大いに楽しんだ〝お姫様抱っこ〟だ。

「きゃ！」

突然視界が回転して、驚きのあまり声を上げた美月に合田は優しく囁く。

「ベッドに行こう」

美月を軽々と抱き上げ、ご機嫌でベッドに向かった。

そしてベッドに優しく美月を降ろすと、合田はシャツを脱ぎ始める。

「美月、脱いで」

美月は、言われるがまま服を脱ぎはじめた。セーターを脱ぎレースのキャミトップに手を掛けると、それを目にした合田の目が輝いた。

「その下着っ、イイ！」

「これ？　綺麗なブルーでしょう。下もお揃いなの。あっ、写真はダメですからねっ」

美月がけん制すると、合田はガクッと項垂れた。

「やっぱりダメ？　美月、綺麗なのにもったいない……」

「だって……写真に残して何に使うの？　誰かに見られたら最悪だし」

「俺が時々見てニヤニヤするだけだよ」

「キモい……」

「えっ⁉　キモいのか？　ショック」

「あ、でも、キモくても……す、好き」

美月の言葉に、合田のテンションが上がった。

「やっぱり俺が脱がす」

「は、はい」

（かずくんのエロスイッチが入って、暴走しそうな気がする……今度はどんなことをされちゃうんだろう？）

美月は期待とちょっぴりの恐怖と、そして興奮を感じながら、合田の動きを目で追う。
美月のスカートを脱がせた合田は、全裸のままベッドのヘッドボードに背をあずけて足を投げ出した。美月を見つめたままで、おいでと誘う。

「美月、俺を跨いで座って」

「座るだけでいいの？」

「うん」

「あの、かずくん、電気……」

「このままで」

「恥ずかしいよ」

本気でモジモジする美月に合田は笑顔で言った。

「写真を撮らせてくれないんだろう？　だったら俺の脳の記憶媒体に残さなきゃ。こんなに綺麗なんだからもったいない」

「えっ……」

「はい、俺に跨って」

ダスティーブルーのレースの下着は、色白の美月によく似合っていた。これを着たままの美月に、あんなことやそんなこと……をしてやったら、どんな表情を見せるのだろう？
美月の肌はどんな色に染まるのだろう？　合田は美月の全てを明るい寝室で見てみたいと

思ったのだ。明るいリビングでそれを見るのは、また追々……。そんなことを合田が考えているとも知らず、美月は下着をつけたままで、そろそろと合田に跨った。肩に手を置いて軽くつかまる。パンティーに包まれた腰を合田の掌が撫でた。続けてウエストのくびれた部分を撫でると、美月がブルッと震えた。

「美月、これだけで感じるの？」

「うっ……」

恥ずかしさに、美月の頬が赤く染まる。それを見てやっぱり電気をつけていてよかったと合田は思った。

下着に包まれていない、露出した肌だけを合田が撫でると、美月が腰をモジモジと動かしはじめた。胸の谷間に口づけられて、美月の腰がさらに揺れる。キャミの生地越しに胸の先端を甘噛みされて、美月は思わず合田の肩をギュッと掴んでしまう。

「あっ、あの、かず君？」

「何？」

「下着は脱がなくていいの？」

「うん」

もう片方の乳房にレース越しに吸い付くと、美月が声を上げた。

「あぁ……ん」

「美月、気持ちいい？」

合田の問いに、美月はイヤイヤと首を振った。

「いいけど、いいけど、下着のままじゃ良くないの。もっと触って……いつもみたいに可愛がって……ほしいの」

「うわ！」

乱れる美月を、見て楽しもうと思っていた合田の思惑は、早くも崩れ去った。可愛すぎる美月に白旗を挙げた合田は、その唇に喰らいつくと、キャミソールを乱暴に脱がせる。ポロンと零れ落ちた胸を両手ですくいあげ、紅く尖った先端を口に含んだ。

「ああっ！」

とうとう我慢できなくなった合田は、美月を押し倒しショーツを剝ぎ取った。美月の方では、いつもより性急な合田を迎える準備は既にできている。焦らされている間に、蜜が溢れ、滴るまでになっていたのだ。サイドテーブルから避妊具を取り出して装着した合田は、美月を横抱きにすると片足を持ち上げ、そのままうしろから一気に貫いた。

「ああっ！」

うしろから浅く突くと、美月の胸が揺れる。そのまま突きながら、片足を摑んでいた右手を伸ばして蜜を溢れさせている場所に指を差し入れた。

「……あっ、あっ、あぁんっ！」

美月の嬌声が、合田の興奮をますます誘う。指で蕾を擦りながら突き上げると、美月はますます可愛い声を上げた。

「はぅん……あん、あっ……」

ギシギシとベッドが軋む。

この責め苦はいつまで続くのだろう？　横抱きにされうしろから貫かれた状態の美月は、堪えきれず悦びの声を漏らしていた。

耳のうしろを舐め上げられ、快感に背中が弓なりになる。

「んっ……」

合田の鋼鉄のような熱い杭が美月の中をかき混ぜると、蜜がますます溢れ出てくる。その蜜にまみれた小さな突起は、背後から伸ばされた長い指に弄ばれプックリと膨らんできた。長い指が膨らんだ蕾を弾くと、強い快感が美月を襲い身体が反った。

「あっ……やめ……あんっ……いやぁぁー」

合田はうしろから美月に覆い被さり、ぷるんと揺れる片丘に顔を近づけた。熱い口腔が頂を包む。舌は乳首を転がし、唇は粟立った乳輪にねっとりと吸いついた。

合田のしつこい行為が美月に限界を越えさせ、互いの身体は制御を失う。身体の自由がきかない状態でうしろから突かれたことが、さらに美月を興奮させた。美月の潤みきった中は、合田の屹立を咥えこみギュー-ッと締めつける。

「……美月そんなに締めつけないで。俺イキそう」

「だぁ……てぇ……きもちい……あぁぁ……」

合田はイキそうになった美月の口を塞いで舌をねじ込んだ。

「ぁん、これ……ほしか……」

美月の思いは最後まで言わせてもらえない。唇から全てを吸いつくすみたいなキスに息が止まりそうだ。おまけにうしろにねじった首も痛い。そんなキスを受けながら、背後からは熱い杭を打ち付けられ、快感が背骨から脳天までを突き抜けた。

どうして合田の営みは毎回こうも激しいのだろう。美月には不満を言う暇さえも与えられない。

ふたりの繋がった部分を濡らすモノが汗なのか、自分からあふれ出た愛液なのか、それさえも判断できず、もうどうでもいいと思った瞬間、美月はクライマックスを迎えた。

「あぁぁぁーっ、ぃっちゃー」

同時に、合田も精を放った。


合田千成がとうとう結婚を決めたらしい。

そんな噂が、同期の医師及びたくさんの知り合いたちに広まるのに、たいして時間はかからなかった。

美月の悪友である相原が、県内の県立病院及び大学付属病院に『合田陥落』の噂を広めたのは一月の最初の週。その後合田の同期の医師たちがネットワークを駆使して、あっと言う間にその噂を広めた。特に男性医師が喜々として……。

それというのも、めぼしい女性医師や美人で評判の看護師たちが、隙あらば合田の恋人になりたいと狙っていたため、彼ら若手の医師たちは二番手以下の地位に余儀なく立たされていたからだ。合田が落ちたとなると、あの医師や、あの看護師の目が自分に向くに違いない。独身の医師たちはそう考えたのだろう。

　実際、合田と大学時代から親しかった某医師は、同期数人と主人公（合田）のいないお祝い会と称した飲み会を開催したほどだった。そして、口々に言い合う。合田の相手はあの、『難攻不落のEカップ』だよな？　合田が落ちるくらいだ、あの子はどれほどイイ女になっているんだ？　是非その姿を拝まないと！

　その結果、オペ応援や交歓会と称して、腕のいい医師たちが何かと理由をつけて合田に会いに、この総合病院の外科病棟へやってくるようになった。

　先に医局へ行けばいいものを……とぼやきながら、病棟にやって来る彼らを迎える美月はその対応に追われた。

「山川さん？　僕、同期生の○○です」

　そう言って握手を求める輩もいる。どういうことだろう？　美月にはわけがわからない。そして医療秘書（クラーク）には拝まれる始末……。

「すみません。皆さん病棟で直接、合田先生と会う約束をしているって仰って。申し訳ないのですが対応を……」

　美月は知らないのだ。合田の大事な彼女は、アノ『難攻不落のEカップ』だと同期生たちの間で大きな話題になっていたことを。

ある日、美月の元に懐かしい人物がやって来た。

「山川さん、僕を憶えている？」

「あ……」

学生時代に、美月をよくサークルの飲み会に誘っていた先輩の村木（むらき）だった。

「お久しぶりです。相原に聞きました、大学の付属病院に赴任されたんですね」

「うん、第二外科だよ。合田は？」

「午前中は外来です。もう少ししたら病棟に上がってくると思いますけど」

「そっか……山川さん、とうとう合田につかまったんだね」

「はい。まぁ……」

とうとう、ってことは、先輩は大学時代から合田の気持ちを知っていたのだろうか？

などと想像しながらも、頬を赤くする美月。

「先輩、とうとう、って、あの……」

美月が尋ねようとしたその時、合田が病棟にやって来た。

「美月」

「あ、お疲れ様です。これからオペですよね」

うんと頷いた合田の表情は穏やかで優しい。美月はもう、合田のその微笑みが作り物ではないことを知っている。

「先輩、いらっしゃい」

「おう。わざわざ来てやったぞ」

「いや別に、わざわざ来てもらわなくても」

一番世話になった先輩なのに、合田は冷たい。実は、同期生や同窓生が美月を見に来るのが、そろそろ鬱陶しくなってきたのだ。

しかし、冷たいことを言いながらも何気に上機嫌だ。

これから行うオペがそんなに楽しみなのか？　食道がんだぞ？　時間も手間もハンパないぞ？　と美月は思う。まぁ合田はヘンタイだから、それもありかと納得して美月は仕事に戻った。そのうしろ姿を食い入るように見つめていた村木が合田に耳打ちした。

「なあ合田……お前って奴は、どんだけ粘着質なの？　このドスケベ」

合田はニヤッと笑うと人差し指で唇を隠した。

「先輩、粘着質とか、ドスケベとか止めて下さい。僕が変な人みたいじゃないですか」

「何言ってんの？　俺はお前ほどシツコイ男を見たことがないぞ。山川さんのあの仇名だって、ほかの男を牽制する目的でお前が付けたんだろ？」

「えっ、知りませんよそんなこと。何ですか？　そのあだ名って」

「お前って奴は……」

先輩の説教はオペ室まで続いた。しかし、合田にすれば馬の耳に念仏である。合田は今日も我が道を行く男なのだった。

その日の夜、午後十一時、リビングでお茶を飲んでいた美月は、マンションの鍵を開ける音に気がついて廊下に出た。そこには、病院から帰ってきた合田が疲れた顔で微笑んでいた。

「ただいま」

「お帰りなさい。疲れたでしょう?」

「うん」

「何か食べる?　オニギリとか」

リビングに入った合田は美月をうしろから抱きしめた。

「美月を食べる」

そう言って首筋に軽く歯を立てた。

「やだ……」

そう言いながらも、美月の手はうしろに回り、合田の柔らかい髪の毛をクシャッと摑んだ。その美月の姿がカーテンを開けたままの窓に写っていたので、合田はその光景に見入った。

(イイ……)

立ったまま、やわやわと美月の胸を触っていた合田が「あれ?」と声を上げた。

「美月、胸が大きくなった気がする」

「え、うそ」

「サイズは変わっていないと思うけど、胸が張っているというか、弾力が増している気がする。俺のおかげかな？」

「俺のおかげってのはどうかなぁ……でも、すこし太ったかも。それにしても、私のサイズ知ってるんだ？」

「……そ、そりゃあ、ずっと見てたからわかるよ。それに噂されてるし……ほら、Eカップなんだろう？」

「あ、うん……まあね」

美月は何の不信感も持たずに尋ねたのだが、返事をする合田の声が裏返った。その反応になんとなく引っかかりを感じたがそのままスルーした。学生の頃、興味本位でバストサイズを噂されていた時には、ものすごく嫌だったのだけど、最近では自分が何カップであろうが、何を言われようがどうでも良くなっている。合田に愛されているという自信が、美月を強くさせていたのだった。


翌週、怒濤のオペ週間が終了して落ち着いたのか、外科の医師たちが医局で珍しく軽口を叩いていた。

「……それにしても、合田先生と山川ちゃんがくっつくなんて、誰も想像していなかったと思うよ」

そう言って、ハァーとため息をついたのは、セクハラ医師、越智だ。

「想像させないように、気をつけていましたから」

合田がシレっと答える。

「何言ってんだか。俺には大学時代から見え見えだったぞ。だからいろいろ協力してやったっていうのに、手も出せなかったヘタレは、どなたさんでしたかねえ」

こんな風に合田に偉そうな口がきける医師はただひとり、先輩の村木だ。今日村木は、先週オペを手伝った患者の経過を診るためにこの病院に来ていた。

「でもさー、なんとかのEカップと言えば、あの頃有名だったよね～。だから僕は、この病院に赴任して山川ちゃんを見た時、小躍りしたもんね。あ、今は合田先生の婚約者だからイヤラシイ目では見てないよ」

「ナントカのねぇ～『難攻不落のEカップ』だろ？　越智先生も憶えていたんだ？」

「そりゃあね。誰が言い出したのかは知らないけど、医学科の学生の間では隠れたアイドルだったでしょ？」

「ふっ。そのニックネームをつけた人物を知ってる？」

「そう言えば知らないなぁ……山川ちゃんに振られた中のひとりじゃない？」

「そうかなぁ、俺が思うに……」

「村木先輩！　越智先生もその辺でやめておいてください。今さらそんな話、どうでもいいじゃないですか」

合田が珍しく不機嫌な声を上げたその時、医局付きの医療秘書が声をかけてきた。

「村木先生いらっしゃいますか？　外科病棟に万年筆をお忘れじゃないでしょうかって電話が入っています」

「あ」

白衣のポケットをパタパタと叩いた村木は、秘書に返事をした。

「青い万年筆なら俺だわ。持って来てもらえると嬉しいな」

「はい。伝えます」


しばらくして医局のドアをコンコンと叩いて入って来たのは、三人が目下噂中の美月だった。

「村木先輩……じゃなかった。先生、万年筆をお持ちしました」

「あっ！　山川ちゃん。今、噂していたんだよ～」

医局に来たのはあの正月以来だ。すこし緊張しながら、美月は中に入る。ソファーで寛ぐ村木に万年筆を手渡すと、こちらを見つめる合田と目を合わせて、ふんわりと笑った。ふたりの甘い雰囲気を見た村木が、からかうように合田を肘で突いた。空気を読まない越智が美月に話しかける。

「山川ちゃんは、自分のニックネームをつけた人物が誰か知ってるの？」

「越智先生、いきなりどうしたんですか？」

「いやね。今その話をしていたんだよ。『ナントかのEカップ』って名づけたのは誰だろうね～って」

「うーん。あの頃は、ものすごく嫌で、トラウマになりそうでしたけど……」

美月の言葉に、合田の肩がピクッと動いた。合田の表情の消えた顔を不思議に思いなが
ら、美月は言葉を続けた。

「でも、今はどうでもいいんです。もうそんなこと、気にならなくなりました」

美月の言葉に、村木がハハッと笑った。

「越智先生。トラウマは、合田のおかげで消えたってさ。何気にノロケられてるよ、俺た
ち」

「ひどいな～、独り者の俺に当てつけてんの？」

「まさか、とんでもない！　あの、私はこの辺で……村木先生、失礼します」

美月が医局を出て行くと、合田もあとをついて来た。

「俺も病棟に行くよ」

「はい。合田先生、あの……どうかしました？」

「え？」

「元気ないみたい……」

「そんなことないよ。それより、美月が名前で呼んでくれないから寂しい」

「……仕事中ですから。先生もちゃんと名字で呼んでください」

「センセイだって……冷たい」

「だって、先生だもん」

やっぱり今日の合田は少し元気がない。仕事中だけど、ちょっと話を聞いてあげた方がいいのだろうか？　美月は自販機の側で立ち止まった。

「あの、かずくん。何かあった？」

心配そうな美月に、合田は笑顔を見せて微笑んだ。

「何もないよ。病棟まで手を繋ごうか？」

「いやっ。公私のけじめはちゃんとつけて下さいね！」

「はいはい」


その夜。

遅く帰宅した合田のために、美月は軽いものがいいだろうと、筑前煮に豚汁、出汁巻き卵を用意していた。

「美味そうだ」

「さっ、食べましょ！」

よほどお腹が空いていたのか、会話も忘れて食事をする合田を見ていると、美月は幸せな気持ちになる。

（こういう何でもないことが、幸せなんだよね……）

自分を眺めてニコニコとしている美月に、合田が気づいた。

「何？」

「ううん。幸せだな……って思って」

美月の言葉に合田は何故か俯く。

「美月、俺、話したいことがあるんだけど……」

「えっ、何？」

「あのさ……」

今日一日元気がなかったのは、今から話すことが原因なのだろうか？　何を言われるのか見当もつかない。不安になった美月は固唾を飲んで合田の言葉を待った。

「あの……俺なんだ。美月の仇名を付けたの」

「えっ⁉」

「難攻不落のEカップ」

「えええっ？」

「俺がコッソリ名づけて広めた。〝難攻不落だから誰も近づくな〟って……」

「うそ……」

「でも、余計に皆の関心を引いてしまって、美月にずいぶんと嫌な思いをさせた……ごめん。今までずっと黙っていたことも含めて全部……ごめん」

「かずくん……」

ダイニングの椅子に腰を掛けたまま頭を下げる合田に、美月は戸惑いを隠せない。

「美月、思いっ切り怒っていいよ」

「……」

病院では、人より何歩も先を見据えて余裕で仕事をしている合田だが、美月に嫌われることを考えると、頭が真っ白になって不安で仕方がなくなる。〝美月大好き病〟に罹っているので、どうしようもないのだ。

「なあ、何とか言ってくれよ。美月がトラウマになりそうなくらい嫌がってたって知って、俺本当に悪いことをしたって反省していたんだ。いつ謝ろうかって思ってたけど、ずっと言えなくて……」

美月は、自分のかつての仇名が皆の口に上る度に、妙に緊張していた合田を思い出した。合田が変な様子だったのは、罪の意識があったからだったのだ。意外に気が小さい合田の一面がわかって、美月はなんだかおかしくなる。合田は、頭を下げたままで美月を恐るおそる見上げた。目にした美月の表情は、合田の予想とは違っていた。首を傾げて微笑んでいる。

「かず君、間違ってるよ」

「えっ？」

「仇名、間違ってるって言ったの」

「何が間違っているんだ？　え……まさか⁉」

ハッと気がついた合田に、美月は茶目っ気のある笑顔を見せた。

「私、Eじゃなくて、Fカップだった」

「うそ……」

「ホント。ちょっと太ったかもって言ってたでしょ？　今日帰りにランジェリーショップに寄って、ちゃんと測ってもらったんだ」

「Fなのか？」

「うん。そしたら、Fの70でした。それと、仇名のことはもう気にしてないから、そんなに思い悩まないで」

「美月……」

美月は立ち上がると、食器を集めて流しに運んだ。スポンジに洗剤をつけて食器を洗っていると、合田にうしろから抱きしめられた。いきなりだったので、美月は驚いて食器を落としてしまう。ガチャン、と嫌な音がした。

「かず君、もうっ」

美月が叱ると、合田が悪びれずに言った。

「Fカップの触り心地を、今すぐ確認させてくれ」

ゲンキンな男だ。さっきまで反省していたのに、もう復活している。そんな合田に美月は呆れながら、台所作業を再開した。

「いつもと同じだし」

胸にまとわりつく手を無視して、美月は食器を洗い続けるが、そのうちにスポンジを持っていられなくなる。

「あっ、やん……」

ブラを上にずらされたせいで、美月の胸は変形してなぜか感じやすくなっていた。その敏感になった先端が、長い指で転がされる。

「……かずくん、やめて……」

「止めない。Fカップを堪能するんだ」

「……もうっ！」

合田の策士なところも、ヘンタイっぽいところも、美月はもう嫌ではない。そんな面を見せるのは自分にだけだとわかっているから、逆に嬉しいし愛おしいと思う。これからも、ますますヘンタイに磨きがかかって、驚かされることが多くなるかもしれないけれど、それでも大丈夫……美月はそう思った。

大学のオリエンテーションで初めて会った時とは、ずいぶんとイメージが違ってしまったなぁと、たまにため息が漏れることもあるが美月は合田を信じていた。

ポーカーフェイスの裏には、美月を求めて止まない、必死な男の素顔があることを知っているから……。

〈END〉

番外編　祝・子作り解禁

一月の最後の日曜日は、薄手のコートだけで十分なくらいのポカポカ陽気だった。美月は今、合田と共に大きな家の門扉の前に立っている。市内を一望できる丘の上に建つこの豪邸は、真っ白い塀に阻まれて中の様子を窺い知ることはできない。要塞のような門扉の前に立っていると、自分が拒絶されているような気がして、美月は緊張で足が震えてきた。今年の元旦に合田と結ばれて、まもなくマンションでの同居生活を始めたふたりは今日、合田の両親に婚約の報告をするためにやって来たのだった。

「美月、緊張しているの？」

「うっ……ちょっと……あっ、待って！　深呼吸するから、まだチャイムを鳴らさないで」

「ごめん、もう押しちゃったし」

「えっ……」

「大丈夫だよ、美月。ウチの両親は美月のことをとって食ったりしないし、って言うか、美月の写真を見せたら大喜びだったし」

「え、どんな写真？　変な写真とか見せてないよね？」

「この前撮った、普通に笑ってる写真だけど？　変なのって、たとえばどんな写真のこと？」

「そっ、それはっ……」

焦りまくる美月が可愛くて、合田はついからかってしまうが、美月はそれどころではない。ふたりが門の前で騒いでいると、インターフォン越しに女性の声が響いた。

『はーい。どちら様？』

「おれ」

『おれ、っていう詐欺グループですか？』

「……おふくろ、息子の千成だよ。いいから開けて」

『うーん。じゃあ、合言葉〝やま〟』

「……いいかげんにして。塀壊すよ」

合田の低い声に、重い扉が音もなく開いた。

「はぁーっ」

合田はため息をついて美月の手を取ると、すっかりご無沙汰になっていた実家に足を踏み入れた。このやり取りを聞いただけで、美月は合田の母親が個性的なタイプだということがわかってしまう。

門を抜けると、広いイングリッシュガーデンが現れ、美月は思わず歓声を上げた。

「わぁ……外国みたい」

「ちょっとした公園だよな、たまに山から野生動物が紛れ込むらしいけど」

「へぇ……なんだろ？　たぬきかなぁ」

プロの手による植栽だということが素人目にもわかる、雰囲気の良い庭は、寒さに強い草木が植えられたワイルドガーデンになっている。美月がいちいち立ち止まって草木を観察するので、そのたびに合田も立ち止まる。ふたりはゆっくりと時間をかけて庭を抜けた。その間ずっと、美月の手は合田の掌に包まれていて、その温かさが美月の緊張を和らげてくれる。テラコッタタイルを敷き詰めた玄関までのアプローチを進むと、目の前に瀟洒な洋館が現れた。その大きさと豪華さに圧倒され、美月は息をのんだ。

「す、すごいお家」

大きな塀や公園のような庭を見た時点で、合田の実家の凄さは何となく予想していたが、それでもこの洋館を目にすると、その大きさと豪華さに圧倒される。

「まあ、デカいよな。それにおふくろの趣味で、外国かよって突っ込みどころ満載の家になっちゃったし」

「うん……ここだけ外国みたい」

するとその外国みたいな家の玄関扉がバーンと開いた。うっ、と身を反らした美月の目の前に、華麗な美女が現れた。鼻筋の通った細やかな肌と涼やかな目元は合田そっくりで、この人が合田の母であることはすぐにわかったが、それにしても若い。いわゆる美魔女という種族なのだろうか？

「いらっしゃい。やだっ、本物の美月ちゃんって可愛いわーっ」

「ただいま。おふくろ、馴れ馴れしいよ。てか、本物って何だよ」

「あら、貴方が見せてくれた写真より可愛いってことよ」

「は、初めまして。山川美月と申します。あの……本日はせっかくの休日にお邪魔して申し訳ありません」

「とんでもない！　来てくれて嬉しいわぁ～。さっ、入って！」

美月と繋いでいた合田の手は、いつの間にか合田母のそれに取って代わられ、美月はその手に導かれて広い玄関に足を踏み入れた。あとから合田が『やれやれ』という顔でついてくる。

拒絶されるかもしれないという美月の心配は、全くの杞憂だったというわけだ。

「美月ちゃん、私のことは華子（はなこ）って呼んでね。あ、『お義母さん』でも良いわよ！　お父さんが居間で、今か今かと待ち構えているから急ぎましょ。あ、これダジャレじゃないからね～。ちなみに、お父さんって愛想がないけど千成と違って、根っからの良い人だから、気にしないでね」

「は、はいっ」

美月は合田母、華子のマシンガントークに度胆を抜かれて、ただ『はい』としか言えない。そうして案内されたのは、柔らかい雰囲気のインテリアで統一された、美しい居間だった。大きなソファーで寛いでいる男性が、すっと立ち上がって美月を迎える。スマートな紳士と言えそうな外見は洗練されていて、さすが合田の父だと美月は思った。母親は美魔女然としているし、このふたりの美形遺伝子のおかげで今の合田があるのだな……と、納得する。

「美月さん、いらっしゃい。千成の父親の光成(みつなり)です」

「初めまして、山川美月と申します。あの、本日は……」

「まぁまぁ、堅苦しい挨拶は良いから～。さっ、座って。お茶は何が良いかしら？　コーヒー？　紅茶？」

カチカチの美月を可哀想に思ったのか、華子が柔らかいソファに座るように促す。

「あ、あの……こ、紅茶をお願いします」

「おふくろ、これ」

美月の隣にピッタリと寄り添って座った合田が、買って来たケーキを差し出すと、母親は歓声を上げた。

「わ！　ここのケーキ美味しいのよね。特にイチゴショートが絶品なのよ～」

「イチゴ入ってるよ」

「あらっ、さすが我が息子」

「選んだの、美月だし」

「まぁっ、さすが我が未来の嫁」

「いや、俺の未来の嫁だし。おふくろ、うるさい」

親子のボケ突っ込みを呆然として聞いている美月は、ふと合田の父に目を向けた。すると、かすかに口元を緩めて妻を見つめている。夫婦仲の良さが感じられる、優しい視線だった。美月は何となく、合田の自分への執着の強さは、この父親譲りなのではないかと思った。

ケーキと紅茶を囲んだ談笑のあと、合田は両親に三月に入籍を予定していることを伝えた。

息子の言葉に、パチパチと手を叩いた華子は、ふと不思議そうに尋ねる。

「今すぐにでも入籍すれば良いのに、なんで三月なの？」

いや、元旦から付き合いはじめて一月も経たないうちに入籍というのは、さすがに早すぎでしょう⁉　と美月は内心で突っ込んだが、華子はいたって本気だ。

「三月が美月の誕生月だから、誕生日に入籍しようと思っているんだ。それでも早すぎるくらいだって美月は言うんだよ」

「あら、そうなの。美月ちゃん、どうして？」

「えっ。あの……それは……」

息子さんはヘンタイが弱点ですが完璧なモテ男で、いまだに自分の何が良くてこんなに執着してくれるのかがわかっていないんです。もう少しだけ、今の状況に慣れる時間が欲しくて。もちろん私は息子さんのことは大好きで大切に思っていますけど……などと、本当のことは言えるはずもなく、美月は頬を赤くして、俯き加減で返事をした。

「すみません。付き合いはじめて一ヵ月も経っていないし、今すぐの入籍はちょっと早いかな……と思いまして」

「そう？」

何となく納得していない華子に美月は困ってしまい、ますます俯いてしまう。そんな美月に合田が助け舟を出した。

「まあ、俺も美月へのプレゼントができ上がるのが三月頃だから、ちょうど良いんだけどね」

「あら千成さん、何をあげるの？　凝った婚約指輪とか？」

「えっ……いや、ナイショ」

「あら、図星だった？　どこかのジュエリーデザイナの一点ものって感じ？」

「おふくろ、うるさいなぁ。美月に内緒なんだから、今教えるわけにいかないだろ！」

「ケチー」

つれない息子に、華子は頬をふくらませて拗ねる。かたや息子は知らん顔で紅茶を啜っている。

（なんだか、こんな光景をいつも見ていた気がする……）

ほんの数ヵ月前まで、こういう光景は日常茶飯事だった。美月の友人の相原が合田に絡む場面と似た光景が、美月の目の前で母と息子に形を変えて繰り広げられている。あんなに天真爛漫に迫る相原に合田がちっともなびかなかった理由が、美月には少しだけわかった気がした。たぶん合田に言っても、認識さえしていないと思うけれど、合田はたぶん、自分への明るい執着に慣れっこで、そういう相手が目に留まらなかったのだろう。

そして、相原の彼の奥田のように、妻を優しく見つめる合田の父、光成。美月はつい、相原達を思い出してクスッと笑ってしまった。

「あら、美月ちゃんが笑った！　ねぇ、何かおかしかった？　お義母さんに教えてよ」

「いや、まだお義母さんじゃないし」

息子の突っ込みをものともせず、華子は美月の返事を待っている。

「すみません。お母様が私の友達に似ていらしたので、つい思い出し笑いをしてしまいました」

「あら、そうなの？　もしかして相原さん？」

「え、どうして知っているんですか⁉」

「おふくろ、何それ？　何で美月の友達の名前を知っているのさ」

美月と合田は、華子の情報網にギョッとした。

「驚いた？　実はねぇ……美月ちゃんの病棟師長さんって、私のお花教室のお友達なのよ～。あ、情報漏洩、守秘義務違反だなんて怒らないでね」

そう言ってケラケラと笑う華子。もしかしなくても、病棟で繰り広げられたあれやこれが、師長を通して華子に漏れていたのかもしれない。そう思うと、美月は恥ずかしすぎて穴があったら入りたい気分になった。唯一の救いは、病棟師長が尊敬できる人物で、悪口などを言う人ではないということくらいだろうか。

　驚きと恥ずかしさのあまりに脱力した美月が隣に目を向けると、合田もガックリと肩を落としていた。

「スパイかよ⁉」

「あら、情報はいくらあってもいいものよ。私を誰だと思っているの？　千成さんの母ですよ、悪いけど腹黒ですわ」

　病院でのあれこれが母親に筒抜けだったことがわかって、青ざめた息子と美月を元気づけるつもりなのか、華子が棚からアルバムを出してきた。

「まあまあ、そんなに落ち込まないで！　美月ちゃん、千成さんの写真見る？」

「……あ、はいっ。見たいです」

　息を吹き返した美月の隣で、合田が微かに身じろいだ。かたや華子は満面の笑みを浮かべている。

「かず君どうしたの？　写真見たらダメ？」

「いや、いいけど……」

　嫌々承諾した合田が気になったが、美月はアルバムを受け取ると、喜々としてページをめくった。

　若くてイケメンな光成と女優みたいに綺麗な華子、それに子どももモデルみたいに可愛い合田の写真は、どれをとっても映画の一場面みたいで、美月はページをめくるごとにアルバムに惹き込まれていった。

　ひとりっ子だからなのか、とにかく合田の写真が多かった。動物園でカバの乗り物に跨っている姿や、大きなランドセルを背負ってキメ顔している姿など、どれをとっても小さなイケメン君は美月の目を楽しませてくれる。

　しかし、その中に何枚もの綺麗な女の子の写真が交じっているのが気になった。その美少女の写真に見入っていた美月は、その子が合田によく似ていることに気がついた。合田から姉妹がいたとは聞いていない。いとこなのだろうか？　美月は美少女の写真を指して、華子に尋ねた。

「あの、この女の子……可愛いですね。千成さんにそっくりですけど、いとこさんですか？」

「あ、この子？　可愛いでしょう～」

「はい、正統派の美少女って感じですね。小さいのに豪華な着物を着て、市松人形みたいです」

「ふふふ……この着物は素敵だったわ～、今でも大事にとってあるのよ」

　華子はご満悦で美月に説明をするが、美少女が誰かを説明してくれない。

「着つけるのに時間がかかってね。千成ったら苦しい苦しいって騒ぐから、写真を撮った後にすぐ帯を解いたのよ。まぁ三歳の子どもには可哀想なことをしたわ。ね、千成？」

「あのさ、美月……不本意だけど、これ俺なんだよ。今思うと、男児に女装を強要するのって、ある意味虐待だよな」

「えっ……!?」

合田の言葉で、美月はようやく美少女の正体に気がついた。

「これ……かず君?……女装してたんだ」

美月の言葉に、合田は「はぁー」とため息をつく。

「でも言っておくけど、俺の意思で着たんじゃないから。あくまでもおふくろの趣味だからね。頼むから美月、勘違いしないで」

「小学校に上がる頃から、千成は女の子の恰好をしてくれなくなったのよ。お母さん悲しかったわ」

「当たり前だろ。おふくろも人が悪いよ、わざわざこんな写真を美月に見せるなんて」

「だって、可愛いから見てほしかったのよ。男の子の服って本当につまらないのよね。女の子のショップを覗くと、そりゃ〜もう可愛くて……。だからつい、女の子用の服を買っていたの。それを千成に着せてみたら、よく似合ってね〜。あっ、このワンピースを着せてお出かけした時なんて、皆が可愛い可愛いって、そりゃぁ大騒ぎだったのよ〜。女装させた時には、名前も千美(かずみ)って呼んだりして〜」

「はぁ、そうなんですか……」

美月は合田と写真の女の子を交互に見て、なんとも言えない気分になった。あの合田千成が、母親の言いなりになって女装していたなんて、すごいスクープだ。もちろん誰にも言えないけど。

「かず君、ワンピースも着たんだね」

　美月がそう言うと、合田は苦虫を噛み潰したような顔で頷いた。

「着たんじゃなくて、着せられたんだよ。小学校に入ってからは、断固拒否したけどね。幼稚園の頃にも『普通じゃないな』ってわかっていたけど、お袋が喜ぶから渋々付き合っていたんだよ」

「可愛いのに……一回も着てもらえなかったお洋服が、今もクローゼットにたくさんあるのよ〜」

「それは……もったいないですね」

「いや、もったいなくないし」

「美月ちゃん、女の子を産んだらもらってくれる？　わりと流行に振り回されないデザインだし、古臭く見えないから着せても大丈夫だと思うわ」

　そう言って華子は、ブランド名を挙げた。美月は内心『そんな高級品もったいなくて着せられない。ヨダレやその他モロモロで汚れちゃうよー』と慄いたが、合田は別の理由で心配になった。美月に孫をせがむ母親に『取りようによってはハラスメントだ』とハラハラしていたのだ。母親の何気ない言葉が美月を傷つけることは絶対に避けたかった。

　しかし、美月はそんな合田の心配をよそに無邪気に言う。

「赤ちゃんに着せたりしたら汚れちゃいますけど、良いんですかいただいても？」

「もちろん！　わぁ嬉しいなぁ。千成が着たものも大切に保管しているけど、見る？」

「はいっ。あ……でも、私が女の子を産むことが前提ですよね。あの……いただくのは生まれてからでいいですか？　とは言っても、今はまったく予定なしですけど」

美月はそう言うとテヘッと笑った。合田は思わず口を挟む。

「美月、良いのか？」

「え、何が？」

「子どもって……その……」

「やだ、かず君。結婚したら当然子どものことは考えるでしょ？　でも、妊娠できる身体かどうかはお互いに検査しないとわからないけどね。私は子ども欲しいよ、かず君は欲しくないの？」

「美月……」

美月は感極まった表情の合田を見て不思議に思ったが、今ここで問いただすわけにもいかない。それでも気になって言った。

「かず君、どうかした？　大丈夫？」

美月の問いにただ頷いた合田は、ソファーから立ち上がると、居間を横切りドアノブに手を掛けた。

「ちょっと、トイレ」

それだけ言うと、さっさと居間を出て行った。

「何？　いきなり……変な子ねぇ」

　華子と美月は顔を見合わせて首を傾げた。かたや、沈黙を守っていた父、光成は、微かに口角を上げてニヤついていた。息子が美月の言葉に感激しているのがわかったのだ。

「それにしても……美月ちゃん、千成を受け入れてくれて本当にありがとう」

　改まって言われると、美月はドギマギしてしまう。ましてや合田は、皆の憧れの的だったのだから。

「いえっ、そんな……」

「年頃になっても彼女の影が全くないし、家に遊びに来るのはむさくるしい男の子ばかりで、実は私、本気で心配していたのよ。外見は悪くないのに彼女ができないってことは、もしかしてゲイなのかしら？　なーんてね」

「げ、ゲイですか？」

「まぁそんな心配も、大学に入ってからはしなくなったけど……あのね、私見ちゃったの」

「何をですか？」

「あの子ったら、美月ちゃんの写真の入った携帯を、機種変更してもずっと充電し続けて時々眺めていたのよ。千成が部屋に置き忘れた時に、携帯の画像を私コッソリ見たの」

「えっ……うそ！　いつ頃のことですか？」

「大学一年の頃よ。美月ちゃんって、十年くらいたっても顔はあんまり変わってないから、千成が先日写真を見せてくれた時にすぐわかっちゃった。大学時代から付き合っていたわけじゃなかったんでしょ？　ビックリだわ。あの子ってば、意外に一途だったのね」

華子が勝手に息子の携帯を見ていたのがバレたら、大変なことになると美月は思ったけれど、大学時代の自分の写真を、合田が大切に残していたという事実に気を取られて、深く追求はしなかった。それよりも、ヘンタイ合田のことだから、妙な写真だったら……とそれだけが心配だった。そこで、美月は思い切って尋ねてみた。

「あの……その写真って、どんな写真でしたか？」

「つり革とか写っていたから、電車の中かしら？　美月ちゃんの顔を思いっ切りズームで撮っているから画像が荒いのよ。あの子ったら、きっと隠れて必死に撮ったのね」

そう言うと、華子は手で口を押えてウフフ……と笑う。入学当時に合田から隠し撮りされていたと聞かされても、美月に現実感はない。やっぱりヘンタイっぽいな。とは感じたけれど、面映ゆい気持ちの方が強かった。とうとう自分も、合田の性癖に思考が浸食されてきたのかもしれない。

華子に、どうリアクションをしたら良いか迷っているうちに、合田がトイレから戻ってきた。戻ってくるなり美月の耳元で「帰るよ」と囁く。

「悪いけど、俺達帰るわ。病院から連絡が入ったんだ」

「え、そうなの？」

今日は全くのオフだと聞かされていたので、美月は意外だった。

「あら残念ね。じゃあ美月ちゃん、今度来た時に子ども服を見てくれる？」

「はい、是非」

玄関先で挨拶をすると、今まで沈黙を守ってきた光成が、いきなり美月の手を握った。

「美月さん、いつでも遊びに来てくださいね。こんなヤツですけど、息子のことをよろしくお願いします」

「はっ、はい。お父さん大丈夫です。私の方こそ不束者（ふつつかもの）ですが、よろしくお願いします」

「親父……手を離してくれないかなぁ」

無口な光成に声をかけられて、感激している美月とは裏腹に、合田の声は不機嫌だ。父親であろうと、異性が美月に触れるのを極端に嫌がる。それどころか自分の母親が美月にベッタリなのも、何気に気に入らないらしい。

「まぁ千成ったら、お父さんにまで焼きもちを焼くなんて……ふふっ」

母親に笑われようと、合田はビクともしない。

「焼きますけど、何か？」と言って、平然としている。


「また来てねー！」

華子の元気な声に見送られて、ふたりは豪邸をあとにした。滞在時間が短すぎたので、帰りの車内で、美月はちょっとだけ不満を口にした。自分を隠し撮りした写真が入った古い携帯も気になる。

「私、かず君の部屋とか見たかったな……」

「うん。また今度」

「あ、そうだ。直接病院に行かなくて良いの？　呼ばれたんでしょ？」

「呼ばれてないよ。早く帰りたかったから嘘をついた」

「嘘？　なんで？」

「美月とふたりっきりになりたかったから」

「えっ……マンションに帰ればいつもふたりっきりじゃない」

「……そうじゃなくて」

美月が知らぬ間にスイッチが入ったらしい合田は極端に無口で、瞳は妙に艶めいている。信号待ちで停車した車内で急に腕を引かれ、美月は唇を塞がれた。

「んっ……」

互いに舌を絡ませる深いキスなんて、こんなところでするべきではないのに……。合田の大胆な舌の動きにつられて、美月は時と場所を忘れてキスに応えていた。

「プププーッ！」

後続車にクラクションを鳴らされて、ふたりは一瞬で現実に戻った。慌てて体を離し、合田は車を発車させる。恥ずかしい。若いバカップルみたいなマネをしてしまった。それも市内の大通りで……。知り合いに見られている可能性は低いとは思うけれど、美月は安易に合田のキスに応えた自分を反省した。

マンションに着いて、部屋に向かう間ずっと、美月の手は合田にしっかりと掴まれている。これも、人に見られたら恥ずかしいとは思ったけれど、スイッチの入った合田を止めることはもう誰にもできない。手を繋ぐくらいなら、人に見られてもたぶん許されるだろう。美月はそう自分に言い聞かせた。

部屋に入って、手を洗うために洗面所に向かおうとしたが、合田は反対方向に美月を引っ張る。

「かず君、離してくれないと手が洗えないよ」

「洗わなくても良いよ。それより美月……」

「……え?」

美月の手を握ったまま、合田の足は寝室に向かう。車内のキスから、何となく予感はしていたのだけれど、やはり合田のスイッチは入りっぱなしなのだった。何が合田をそうさせるのかわからないまま、気がつくと美月はベッドで仰向けに横たわっていた。

廊下に置きっぱなしのコートとバッグが気になる。それに玄関のカギをちゃんと掛けたか心配だ。でも、合田に唇を塞がれると何も考えられなくなった。優しいキスなんかではない、欲望のままのキス。激しく吸われ、合田の舌が乱暴に美月の口腔を犯す。舌を強く吸い、噛む。絡まった舌は溶けてくっついてしまいそうだ。

「はぁっ……んっ……かずく……んっ、なん……でっ」

「美月と今すぐ繋がりたいんだ……」

キスを深めながら、合田の手はブラウスの裾をスカートから引き抜き、ブラ越しに乳房を包み込む。器用な指でホックを外しブラをずらすと、尖った先端が柔らかい布越しにピン……と立った。そのまま胸の先端を食まれ、美月は思わず声を上げた。

「あぁっ！」

柔らかいジョーゼットのブラウスは合田の唾液でビショビショに濡れてしまった。おまけにボタンを引きちぎられそうになって、美月は慌てて自分で外そうとする。

「ま、待ってかず君！　ブラウスが裂けちゃう」

今日の合田はいつにも増して性急だ。胸に何度もキスを落とされながら、美月は脱いだブラウスをベッドの下に落とした。

「美月が子どもの話をするから……」

「えっ？」

熱を孕んだ瞳で、合田は性急な行為の言い訳をしながら、美月のスカートのジッパーを降ろして脱がせてしまった。そのままストッキングに手をかけると、ショーツと一緒に剝ぎ取る。全裸になった美月の腰に馬乗りになった合田は、ズボンのベルトに手をかけた……。

全てを脱ぎ捨てたふたりは、裸の胸をピッタリと合わせた。肌の感触が気持ち良すぎて、このままバターみたいに溶けてしまいそうだ。

「ああ……美月の肌、気持ちいい……手に吸いついてくる」

大きな掌で美月の腰から上を撫で上げる。その感触だけで、美月の肌は期待に震えて粟立ってきた。やわやわと胸を揉みしだかれながら、キスは激しく深くなっていく。

「ん……っく……ふぁ……」

合田の長い指が、美月の蜜壺に、くちゅんと音を立てて入ってきた。そんな音がたつほどに、すでにそこは蜜で溢れかえっている。指のちょっとした刺激だけで、美月の躰を快感が走りぬけた。

「美月の中、もうこんなに濡れているよ。ずっと俺が入るのを待っていたみたいだ」

「……っ、そんな」

「ねえ……今すぐ美月の中に入りたい」

「ん……いいよ」

いつもはじっくりと時間をかけて美月を味わう合田が、今日は何故か急いでいる。美月がコクンと頷くと、合田は指を抜き、その滑った指をペロッと舐めた。

「や……そんなの舐めないでぇっ」

「美味しいのに」

恥ずかしがる美月の反応を楽しみながら、合田は腰を少しずつ進めてくる。十分すぎるほどに固い屹立が美月の蜜口を突いた。濡れた蜜口は軽く突かれただけで簡単にそれを受け入れてしまう。固いのにしなやかなその感触に、美月の体がゾクッと期待で震えた。

「はぁっ……あぁぁ……っ」

先端しか入っていないのに、美月の背が弓なりに反る。美月は甘い吐息をつきながら、そのまま合田の熱杭を根元まで咥えこんだ。

「っく……」

美月の目の前で、合田が首を仰け反らせ快感に目を閉じた。微かに開いた唇から吐息が漏れる。その姿を見ていると、美月の胸はいつもキュン……と高鳴ってくる。

「あんっ……かずく……もっと……っ」

「美月、すごい……中、溶けそうなくらい熱い……いくよ……」

「あぁっ！」

ズンズンズン……と腰を打ちつけられ、美月は息が止まりそうになる。合田に腰をグラインドされ、中をかき混ぜられると、甘い痺れが背中を走り、美月は耐えきれずに悲鳴を上げた。

「ひぅん……っはぁ、はぅっ、あ……やぁ――」

絶え間ない抽挿のたびに、美月の頭がベッドの背もたれに当たりそうになる。それに気がついた合田が、繋がったまま美月の体をうしろに移動させた。互いの目が合って、美月は思わず声を漏らす。

「かず君……すごく気持ち良いの……どうし……て。脳ミソが溶けそう」

「俺も……っ」

また深く貫かれて、中の壁を屹立が擦り上げる。一番感じるところを突かれ、美月はまた嬌声を上げた。

「あぁん……っあぁ……はぅん……あっ、そこっ、ひ、あぁ……」

合田は両手で重い乳房を持ち上げたかと思うと、先端を交互に口に含み、強く吸った。

「あぁっ！」

舌で弄られて、淡いピンク色だったそこは固く膨れ、色を濃くしていく。胸を弄ばれるのを美月が好きだと知っている合田は容赦なく弄り続け、ルビー色の先端は、唾液で滑ってゆく。その間にも、抽挿が繰り返されて、美月は声を枯らせながら喘いだ。

「……はぁっ……はんっ……やぁ……」

「いや……じゃないだろっ……」

いつもより激しい快楽に、美月ははっとする。薄い膜の隔たりが、今日はないのだ。それに、いつもは美月の様子を窺いながらゆっくりと抜き差しをするのに、今日の合田には全く余裕がない。また奥深くまで突かれて、美月は意識が飛びそうになる。合田の行為はまるで、子宮の奥底にまで、自分の精を届かせようと思っているみたいだ。

「はぅん……あぁっ」

「美月……俺の……を……」

繋がったその先の奥の方から、快感が波のように美月を飲み込んでいった。合田から何か言われた気がしたけれど、美月はすっかり自分の快感に酔いしれていた。

「あ、やぁっ……あぁ――っ！」

「っは……美月……俺、我慢ができな……受け止めて……」

美月の膣内が、合田の屹立を咥えこんでぎゅうっと締めつけた。こんな余裕のない交わりに激しく感じる自分が恥ずかしいけれど、温かいものが中に放たれたのを感じて、嬉しさで胸が熱くなった。美月は首を左右に振りながら、絶頂の波に飲まれていった。

軽くまどろんでいた美月は、ベッドのきしむ音でハッと目が覚める。目の前に合田の顔があり、美月をジッと見つめていた。

「美月、起きたの？」

「うん……今何時？」

合田が目を細めて腕時計を見る。

「たぶん、午後五時……」

激しい合田の行為に、美月は戸惑いながらも深く感じてしまったけれど、いつもと様子の違う合田が心配で、思い切って理由を尋ねた。

「ねぇ……私、今日は勝手にお母さんと盛り上がっちゃって、その……、気を悪くした？　子どものことも、かず君と相談してから答えるべきだったよね。ごめんなさい」

「違うよ。俺嬉しすぎて、美月を抱きたくて仕方がなくなったんだ。だから早くマンションに戻りたくて……それより、アレ使わずに激しくしたから痛くなかった？　俺こそ、ごめん……」

「そうだったの⁉　全然痛くなんてなかったよ。それより、すごく感じ……ちゃって、恥ずかしいっ……」

「美月、そんな可愛いこと言われると、俺また抱きたくなっちゃうよ」

「……えっ⁉　いやっ、あ、そうだ、もう五時だから夕食作らなきゃ」

またさっきみたいに激しく抱かれたら、疲れ切ってしまいそうだったので、美月は慌てて身体を起こす。すると、体の中からトロリ……と合田の放った精が漏れ出た。お尻が濡れて冷たい。

「あ、出ちゃった……」

美月は舌をペロッと出して合田を見た。その頬はピンク色に染まって幸せに溢れているように見える。合田は『たまんねーな』と内心で呟きながら、美月の腕を引いた。

「きゃっ」

ベッドに横たわった美月に、合田がのしかかる。

「夕食はピザでも宅配してもらおう。それより美月……出ちゃったんなら、また入れてあげなきゃ……ね。俺たちの子ども作ろうよ」

「か、かず君？」

美月の赤ちゃん欲しい発言のせいで、合田の原始的な衝動に歯止めがきかなくなったようだ。合田に組敷かれながら、美月は自分の発言を、ちょっとだけ悔やんだ。


〈END〉

あとがき

はじめまして！　そして、こんにちは。連城寺のあと申します。

この度は、『同級生がヘンタイＤｒ.になっていました』をお手に取って頂き、本当にありがとうございます。

小説投稿サイトに趣味で小説を発表していた私は、いつか自分の作品が書籍化されたらいいなぁ。などと夢を見てはいましたが、たぶんこのまま趣味で終わるのだろうと諦めていました。そんなある日、メールホルダーにビジネスっぽい、見慣れないメールが届いているのを発見しました。なんと、以前私が作品をお送りした出版社さまからではありませんか！　もうビックリしました。うかつにメールを削除しないようにと、そっとクリックしたことを今でも憶えています。私は天にも昇る気持ちになって、文字通り一人で小躍りしたのでした。

しかし、書籍化までの道のりは、簡単なものではありませんでした。というのも、内容に多くの修正を必要としたからです。その大変さに、私は心折れそうになりましたが、担当編集者さまの『ここ、いいですね～』や、『おもしろいです』などのコメントに、おおいに救われたのでした。

おかげさまで、修正を重ねるごとに、ストーリーは厚みを増し、沢山のエピソードが生まれました。真面目で意地っ張りだけど、人の好いヒロインと、彼女に人知れず執着するヘンタイヒーローとの恋愛模様は、クスッと笑えるようなコメディータッチの物語になっています。脇役にも、ちょこちょこ変な人を登場させたりして、書く私自身が大変楽しませて頂きました。皆の話題には上るけれど、一度も出番のなかった外科部長は、実は私のお気に入りです。もちろんヒロイン美月とヘンタイ合田は、大、大好きなキャラクターです。特に合田の暴走ぶりは、書いていてとても楽しかったです。

この作品を読まれた皆さまが、面白かった！　とか、気分が上った！　などと感じて頂けたら、こんなに嬉しいことはありません。どうぞ、楽しんで頂けますように……。

そして、素敵なイラストを描いて下さった氷堂れん様。ありがとうございました。イラストの力って、本当にすごいです。キャラクターの魅力が一気に倍増しました。

最後になりましたが、この作品に関わってくださった方々、そして読者の皆様に、心を込めて感謝の気持ちをお伝えしたいと思います。

ありがとうございました！

連城寺のあ

本書は、電子書籍レーベル「らぶドロップス」より発売された電子書籍『憧れの彼がヘンタイDr.になっていました　夜の病棟は甘い危険がいっぱい』(発行：パブリッシングリンク)に加筆・修正を行い、挿絵を入れたものになります。

同級生がヘンタイDr.になっていました

2019年1月28日　初版第一刷発行

著…………連城寺のあ
画…………氷堂れん
編集…………株式会社パブリッシングリンク
ブックデザイン…………しおざわりな
(ムシカゴグラフィクス)
本文DTP…………IDR

発行人…………後藤明信
発行…………株式会社竹書房
〒102-0072　東京都千代田区飯田橋2－7－3
電話　03-3264-1576(代表)
03-3234-6208(編集)
http://www.takeshobo.co.jp
印刷・製本…………中央精版印刷株式会社

ISBN978-4-8019-1735-4　C0193
Printed in JAPAN